Rachel Hauck

Weil du siehst, wie schön ich bin

Rachel Hauck

Weil du siehst, wie schön ich bin

Roman

Aus dem Amerikanischen
von Anja Lerz

Bibliografische Information der Deutschen Nationalbibliothek
Die Deutsche Nationalbibliothek verzeichnet diese Publikation in der Deutschen Nationalbibliografie; detaillierte bibliografische Daten sind im Internet über http://dnb.d-nb.de abrufbar.

2. Auflage 2018
ISBN 978-3-96140-071-3
© 2018 der deutschsprachigen Ausgabe by Joh. Brendow & Sohn Verlag GmbH, Moers
First published under the title „A Brush with Love"
© 2017 by Rachel Hauck
Published by arrangement with Zondervan, a division of HarperCollins Christian Publishing Inc.
Aus dem Amerikanischen übersetzt von Anja Lerz
Einbandgestaltung: Brendow Verlag, Moers
Titelfoto: fotolia Artem
Satz: Harfe Verlag und Druckerei GmbH, Rudolstadt
Druck und Bindung:
Harfe Verlag und Druckerei GmbH, Rudolstadt
Printed in Germany
www.brendow-verlag.de

Kapitel 1

An diesem verrückten Januartag, an dem es in Rosebud, Alabama, schneite, spürte Ginger Winters tief in ihrer Seele, dass eine grundlegende Veränderung anstand.

In der Ferne traf das helle Geläut der Kirchenglocken auf das Brausen des Windes, der durch die Main Street fegte.

„Hast du je ...?" Ruby-Jane, Gingers Empfangsdame, beste Freundin und Mädchen für alles, ließ die Wärme hinaus und die Kälte herein, als sie die Eingangstür öffnete. „Schnee in Rosebud. Zwei Stunden Fahrt bis zur Küste Floridas, und hier schneit es." Sie atmete tief durch. „Herrlich." Dann runzelte sie die Stirn. „Sind das die Kirchenglocken?"

„Für die Hochzeit ... am Wochenende." Ginger gesellte sich an der Tür zu Ruby-Jane, die oft auch nur RJ genannt wurde. Sie verschränkte die Arme, umarmte sich selbst. „Wenn man Bridgett Maynard ist, müssen sogar die Glocken zur Durchlaufprobe antanzen."

Ruby-Jane linste zu Ginger hinüber. „Ich dachte, die heiraten auf der Plantage ihrer Großeltern."

„Tun sie auch, aber um 16 Uhr, wenn die Hochzeit im Magnolienhaus losgeht, werden die Glocken der Kirche von Applewood läuten."

„Und uns alle stören, die wir keine Einladung bekommen haben." Ruby-Jane schnitt eine Grimasse. „Schon traurig, wenn sich deine Kindergartenfreundin in der Highschool gegen dich stellt und dich dann für den Rest des Lebens ignoriert."

„Sieh's doch mal so. Bridgett hat dich fallen gelassen, und dann hast du mich gefunden." Ginger schaute sie mit unschuldiger Begeisterung an, die so viel bedeutete wie *Toll, oder?*. Dann klopfte sie auf das Auftragsbuch unter RJs Arm. „Was ist mit den Terminen für heute?"

„Mrs. Davenport hat beinahe einen Anfall bekommen, aber ich habe ihr gesagt, wir würden heute alle Termine verlegen, weil du nicht möchtest, dass jemand bei dem Durcheinander Auto fährt. Und du weißt ja, dass Mrs. Carney wollte, dass du zu ihr nach Hause kommst, aber der habe ich gesagt, dass du auch nicht Auto fahren wirst."

„Die gute Mrs. Carney."

„Die anspruchsvolle Mrs. Carney."

„Ach komm, immerhin kommt sie schon seit dem Zweiten Weltkrieg in genau diesen Laden hier, auch wenn die Besitzer regelmäßig gewechselt haben. Sie ist eine schönheitssalontreue Seele."

„Egal, sie kommt jedenfalls auch mal einen Tag zurecht, ohne dass du ihr die Haare föhnst. Maggie ist nie nach der Pfeife von diesen Blauschöpfen getanzt."

„Weil Maggie eine von ihnen war. Ich muss mir ihren Respekt erst noch verdienen."

„Du hast ihren Respekt längst. Maggie hätte dir diesen Salon nie verkauft, wenn sie dir das nicht zugetraut hätte. Also müssen diese Damen dir das einfach auch zutrauen."

Der Wind rappelte an den Fensterscheiben und wehte winzige Schneeflocken über die Schwelle. „Brr, ist das kalt. Mach mal die Tür zu." Ginger durchquerte den Salon. „Ich glaube, heute werden wir ...", sie zeigte auf die Wände, „... streichen."

„Streichen?" Ruby-Jane trug die Terminkladde zum Tresen. „Wie wäre es damit: Wir schließen, gehen nach Hause, setzen uns vor den Fernseher und trauern darüber, dass *All My Children* nicht mehr läuft."

„Oder wie wäre es damit: Wir streichen?" Ginger zeigte auf die Tür zum Hinterzimmer und rollte ihre Ärmel hoch. Eine seltene Geste, aber nachdem die Türen zu und der Salon geschlossen war und es außerdem schneite, machte es ihr nichts aus, ihre runzlige Haut zu entblößen, die sie immer ein bisschen an die topografische Karte eines Landes mit vielen Gebirgszügen erinnerte. „Wir können die alten Kittel überziehen, dann werden unsere Kleider nicht schmutzig."

Ruby-Jane war neben Mama und Grandpa die erste Person gewesen, die die scheußlichen Wunden gesehen hatte, die seit dem Brand des Wohnwagens ihren Körper zeichneten.

Als sie zwölf Jahre alt war, hatte sich *alles* für Ginger Winters geändert. Aber aus ihrem Schmerz war auch eine gute Sache hervorgegangen: ihre Supermacht, die Schönheit in ihren Freunden zu sehen und zutage zu bringen. Trotz ihrer hässlichen Entstellungen war sie in der Highschool *das* Mädchen gewesen, zu dem man in Sachen Haare und Make-up einfach ging.

So hatte sie überlebt. So hatte sie ihren Lebenszweck gefunden. Ihre Fähigkeiten hatte sie an die wunderbarsten Orte geführt. Aber nun, nach zwölf Jahren, war sie wieder zurück in Rosebud und begann einen neuen Lebensabschnitt, indem sie ihren eigenen Schönheitssalon eröffnete.

Sie war von zuhause weggegangen, um eine renommierte Stylistin zu werden und der Rolle des Brandopfers zu entfliehen.

Und das hatte sie geschafft ... hatte sie jedenfalls geglaubt, nachdem sie Stellen in Top-Salons in New York, Atlanta und schließlich Nashville bekommen hatte, von wo aus sie als persönliche Stylistin der Country-Sensation Tracie Blue die Welt bereiste.

Dennoch blieb es trotz all ihres Erfolges dabei: Ginger war das Mädchen, das hässlich und vernarbt für immer und alle Zeit von außen zuschaute.

Fakt war: Manche Dinge änderten sich einfach nie. Sollte sie sich je etwas anderes erhofft haben, brauchte sie nur die Rolle zu betrachten, die sie bei der Hochzeit ihrer „Freundin" dieses Wochenende spielen würde. Die der angeheuerten Hilfskraft.

Ginger zerrte die Farbeimer aus dem Lagerraum. Als sie vor sechs Monaten nach Rosebud zurückgekehrt war und den Papierkram für das Geschäft unterzeichnet hatte, war sie losgezogen und hatte pink-beige Farbe gekauft, in der sie die Wände streichen wollte, um dem alten Schönheitssalon einen frischen Look und einen neuen Geruch zu verpassen. So wollte sie dem historischen Ladengeschäft ihre persönliche Note verleihen.

Aber Maggie hatte ihr nicht nur einen Laden, sondern auch einen vollen Terminkalender übergeben, und Ginger war von jetzt auf gleich voll eingestiegen. Sie hatte bislang gerade genug Zeit gehabt, ihre eigene kleine Wohnung über dem Geschäft zu streichen und zu dekorieren.

Dann gingen die beiden erfahrenen Stylistinnen, die für Maggie gearbeitet hatten, in Rente. Und so hatten sich Zehn-Stunden-Tage in Fünfzehn-Stunden-Tage verwandelt, bis Ginger Michele und Casey einstellte, beide Teilzeitstylistinnen und Vollzeitmütter.

Das Streichen hatte warten müssen.

„Können wir wenigstens was zum Mittagessen bestellen?" Ruby-Jane öffnete die Türen des Materialschranks, woraufhin ihr die Farbrollen mit den langen Stielen entgegenpurzelten. Seufzend sammelte sie sie auf und lehnte sie gegen die Wand.

„Ja, Pizza. Geht auf mich."

„Ich liebe dich, Ginger Winters. Du sprichst meine Sprache."

Neben dem Farbeimer kniend hebelte Ginger den Deckel ab und befüllte die Farbwannen. Danach schob und zog sie die Friseurstühle in die Mitte des Raums und bedeckte die alten Holzdielen in Wandnähe mit Papier und Planen.

„Ich muss zugeben, dass ich diesen alten Laden einfach liebe", sagte RJ, die zwischen Ladenraum und Hinterzimmer innehielt.

„Ich auch." Ginger hob ihren Blick und schaute sich in dem abgenutzten, viel geliebten Raum um. „Wünschst du dir nicht auch, dass diese Wände reden könnten?"

Ruby-Jane lachte. „Ja – weil ich gerne ein paar von den alten Geschichten hören würde. Und nein – weil mir sprechende Wände echt Angst machen würden." Sie beäugte Ginger und zeigte mit dem Finger auf sie. „Aber eines Tages werden diese Wände unsere Geschichten erzählen."

„Können wir nochmal darauf zurückkommen, dass dir sprechende Wände Angst machen?", lachte Ginger atemlos, als sie den letzten Arbeitsplatz von der Wand wegzog. „Ich will keine Geschichten über mich hören."

Sie hatte sie doch schon gehört. *Freak. Hässlich. Vor der grusel es mich.*

„Ich glaube, die Wände werden ganz wunderbare Geschichten erzählen: *Ginger Winters hat Frauen dazu gebracht, sich mit sich selbst wohlzufühlen.*"

Sie lächelte Ruby-Jane, die ewige Optimistin, an. „Okay, in dem Fall kann ich mit den sprechenden Wänden leben. Also ... streichen. Meine Güte, ist das eine große Wand. Lass uns mit der rechten Seite anfangen. Wenn dann noch Zeit ist, machen wir den Rest. Wenn die rechte Seite erst einmal fertig ist, motiviert uns das bestimmt, den Rest auch noch zu schaffen."

„Du bist der Boss."

Ginger legte sich den Schal um ihren Hals zurecht und glättete das Haar, das ihr über die rechte Schulter fiel. Während sie den Mut hatte, ihre Ärmel hochzukrempeln und ihren vernarbten Arm sehen zu lassen, genierte sie sich doch zu sehr, ihren Hals und das abscheuliche Debakel der Hauttransplantation dort zu offenbaren.

Nach zwei Entzündungen und drei Operationen hatte Mama aufgegeben und beschlossen, dass „gut genug' jetzt einfach mal gut sein muss".

Die Hand auf die gräulichste, runzligste Stelle an ihrem Halsansatz gepresst, hatte Ginger sich nachts in den Schlaf geweint.

Damals hatte sie gewusst, dass sie nie schön sein würde.

„Du kannst ein Privatleben haben, wenn du nur willst", sagte RJ, die ihr mit der letzten Station half.

„Wer sagt denn, dass ich eins will?" Ginger eilte zum Lager. „Lass uns mit dem Streichen anfangen."

Fünf Minuten später troffen die Rollen nur so, während Ginger und Ruby-Jane die Wand mit frischer Farbe bedeckten und ihre geliebten Countrysongs die Luft erfüllten.

„Bist du denn bereit?", fragte RJ. „Für das Wochenende, meine ich? Eine Braut, sieben Brautjungfern, zwei Mütter, drei Großmütter ..."

„Jap. Das wird der reinste Spaziergang, Kazansky."

„Ich kann immer noch nicht glauben, dass sie mich nicht eingeladen hat. Bis zur Highschool waren wir gute Freundinnen."

„Vielleicht weil du eine Zeit lang mit Eric ausgegangen bist, nachdem sie sich getrennt haben?"

„Ja, stimmt, da war was." *Seufz*. Als Bridgett und Eric nach dem Schulabschluss getrennte Wege gegangen waren, war Ruby-Jane nur allzu begierig gewesen, die zukünftige Mrs. Eric James zu werden.

„Und was die Sache angeht, dass sie dich in der Highschool hat fallen lassen, tja, weiß auch nicht, aber ihr Verlust war auf jeden Fall mein Gewinn." Keine wahreren Worte hätten je gesprochen werden können. Tief ausatmend ließ Ginger sich auf die gleichförmige Bewegung des Farbrollens ein.

Im Geschäft war es warm und angenehm. Hin und wieder trafen vereiste Schneekristalle mit einem leisen Geräusch die Fensterscheibe.

„Tja, das stimmt, aber ich glaube schon, dass wir uns auch so angefreundet hätten."

Ginger warf einen Blick auf ihre große, schlanke Freundin. „Du kannst ja als meine Assistentin mit zu der Hochzeit kommen."

„Und meine Schande als Helferin der Helferin vor allen zur Schau tragen? Nein, danke."

Ginger lachte. „Auch wahr. Stattdessen kannst du dich ja von Victor Reynold zu einem romantischen Abendessen ausführen lassen."

„Ha! Von dem habe ich seit Wochen nichts gehört."

Ginger ließ ihre Farbrolle sinken. „Echt? Warum hast du nichts gesagt?"

„Och, ich weiß auch nicht ... Ich bin 29, geschieden, lebe in meiner Heimatstadt bei meinen Eltern in meinem alten Kinderzimmer, und das Ende vom Lied ist, dass ich Victor Reynolds nicht bei der Stange halten kann." Ruby-Janes Gesicht verfinsterte sich. „Victor

Reynolds ... der in der Highschool absolut keine Verabredung abbekam."

„Wir beide." Ginger rollte den Farbroller auf und ab. „Die Single-Sisters in trauter Solidarität."

„Bäh, wie deprimierend. Immerhin hast du eine Berufung. Ein besonderes Talent." Ruby-Jane tauchte ihre Rolle in Farbe. „Du kannst eine ganz gewöhnliche Frau ganz außergewöhnlich schön machen."

„Ich liebe, was ich mache." Ginger blickte sich im Laden um. „Und ich will das hier zum besten Ort für Haare, Make-up und alles, was schön ist, in der ganzen Umgebung machen. Ich hoffe, dass ich nächstes Jahr eine Hautspezialistin einstellen kann."

Sie ging ein paar Schritte zurück, um das Beige-Pink zu bewundern, das nun die matte gelbe Wand bedeckte. Sehr schön. Das gefiel ihr wirklich gut.

Dinge – Frauen – zu verschönern, war ihre Berufung, ihre Pflicht im Leben. Sie steckte jede Faser ihres Herzens und ihrer Seele in ihre Arbeit, weil die Wahrheit so aussah, dass sie das nie für sich selbst tun könnte.

Und dieses Wochenende würde Ginger bei der Alabamer Hochzeit des Jahres, wenn nicht des Jahrzehnts, ihre Rolle als Stylistin hinter den Kulissen spielen. Nicht umsonst nannte Tracie Blue sie „die Schönmacherin".

Die feine Bridgett Maynard heiratete den Sohn des Gouverneurs, Eric James. Eine Jugendliebe von der Rosebud High, schöne Menschen, vereint unter den Schirmen Erfolg und Wohlstand.

Während Ginger sich darauf freute, mit Bridgett zu arbeiten, freute sie sich nicht unbedingt auf das Wochenende. Sie würde auf der alten Plantage bei *ihnen* wohnen müssen.

„Na, wenn es eine schafft, diesen Laden hier zu einem Erfolg zu machen, dann du. Als ich Mrs. Henderson zuletzt gesehen habe, hat sie immer noch gelächelt, weil du ihr die Haare so schön gemacht hast."

„Grandpa war der Erste, der mir gesagt hat, dass ich die Schönheit in allen anderen sehen könne." Das hatte sie auch an jenem Tag getan, als Mrs. Henderson in ihrem Stuhl gesessen hatte, mit ihrem überfärbten, überdauergewellten, welken Haar. „Ich habe ihm geglaubt. Er hat mir jeden Monat ein neues Puppenbaby gekauft, weil ich denen immer die Haare abgeschnitten habe. Bis auf den Gummischädel." Gingers Herz lachte. „Mama ist immer wütend geworden. ,Daddy, hör auf, dein Geld zu verschleudern. Sie wird die doch wieder nur kaputt machen.' Und dann hat er immer gesagt: ,Sie wird zu der, die sie sein soll.'" Ginger tauchte die Farbrolle erneut ein und begann eine langsame Rollbewegung. Die Erinnerung an das Funkeln von Grandpas blauen Augen ließ ihr warm ums Herz werden.

Sie vermisste ihn. Eine stabile Größe in der Wohnwagensiedlung. In ihrem Leben. Bei ihm hatte sie sich immer sicher gefühlt. Besonders, nachdem Daddy weggegangen war. Und dann wieder nach dem Feuer.

Später war Tom Wells auf der Bildfläche erschienen. Ginger schüttelte sich seinen Namen aus ihren Gedanken. Der verdiente es nicht, Teil ihrer Erinnerungen zu sein. Ein Highschool-Schönling, der sich aus dem Staub gemacht und ihr Herz gebrochen hatte.

Sie hatte ihn aus ihrem Kopf verbannt, bis sie nach Rosebud zurückgezogen war. Bis Bridgett vor drei Monaten in den Salon spaziert war und sie angebettelt hatte, bei ihrer Hochzeit die Stylistin zu sein – da waren dann die gut verpackten Erinnerungen an ihre Jugend in Rosebud, an ihre Zeit auf der Highschool, wieder zurückgekommen.

„Kann ich dich mal was fragen?", sagte Ruby-Jane, die den letzten Rest Farbe aus ihrer Rolle auf die Wand quetschte. „Warum hast du aufgehört, für Tracie Blue zu arbeiten? Jetzt mal ehrlich. Doch nicht nur, weil Maggie dich wegen des Salons hier angerufen hat?!"

„Es war Zeit."

„Ist etwas passiert? Es war nicht wegen deiner Narben, oder?"

„Nein."

„Weil das verrückt wäre, weißt du. Du warst drei Jahre lang mit ihr unterwegs. Deine Narben haben nie eine Rolle gespielt."

Oh doch, das hatten sie.

Tränen trübten Gingers Sicht, während sie die alte Wand mit einer dicken Schicht Farbe bestrich. Adieu, Altes. Hallo, Neues. Sie verabscheute es, RJ anzulügen, aber über ihre Trennung von Tracie Blue zu sprechen, riss Wunden auf, die niemand wirklich sehen wollte.

Hässlich. Ein Klatschblatt hatte sie so genannt. Letztes Jahr hatte sie im Internet einen Artikel gefunden, der die hässlichsten Stylisten der Stars aufzählte. Und Ginger Winters war die Nummer eins.

Wo sie das Bild von ihr gefunden hatten, auf dem ihr Hals zu sehen war, würde sie wohl nie herausfinden.

Ginger schluckte die aufwallende bittere Galle hinunter, atmete tief durch und rang damit, diese Bezeichnung aus ihrem Kopf zu verbannen.

Wie sie sie aus ihrem Herzen bekommen sollte, wusste sie indes nicht. Die Worte schlugen Wunden und hinterließen Narben tief in ihrem Herzen, sie schufen Fangarme der Scham, die weder lange Ärmel noch bunte Schals abdecken konnten.

Ginger trat einmal mehr zurück, um ihr Stück Wand zu betrachten. „Was meinst du?"

„Mir gefällt es", sagte Ruby-Jane. „Sehr."

„Mir auch." Langsam fühlte sich der Salon wirklich wie ihrer an.

Im Radio kamen die Nachrichten zur vollen Stunde. Ginger linste auf die Wanduhr. Elf. „Bist du hungrig? Lass uns bei Anthony Pizza bestellen", sagte sie, klemmte den Griff ihrer Rolle unter den Arm und zog ihr Handy aus der Hosentasche. „Ich glaube, eine große Käsepizza wäre genau richtig."

„Ganz mein Geschmack. Oh, und bestell noch überbackenes Käsebrot dazu." Ruby-Jane ging ein paar Schritte zurück und inspizierte ihre Arbeit. „Ich liebe diese Farbe, Ginger. Der Laden wird traumhaft aussehen."

„Gestern Abend habe ich im Netz noch nach neuen Lampen gesucht und … Hallo, Anthony, hier ist Ginger vom Schönheitssalon die Straße runter. Gut, gut, wie geht es dir? Ja, bitte … eine große Käsepizza … dünner Boden, ja … und eine Portion überbackenes Käsebrot, bitte. Nein, für Ruby-Jane … Ich weiß, die ist süchtig nach Kohlenhydraten."

„Bin ich gar nicht."

„Klar, eine von uns kommt vorbei und holt es ab." Ginger legte auf und steckte das Telefon wieder ein. „Lass uns das Geld eben aus der Barkasse nehmen."

Noch während die Worte ihre Lippen verließen, schepperten die Glöckchen an der Eingangstür laut gegen das Glas. Jemand kam herein.

Im Umsehen legte sie ihre Rolle auf die Farbwanne. Ginger schnappte nach Luft. *Tom Wells junior.*

Ihre Haut schien Feuer zu fangen, als sie den dunkelorangen Schal fester um ihren Hals zog. Lieber würde sie sich Tracie Blues Paparazzi stellen als Tom Wells.

„Na schau mal einer an, wer da kommt. Tom Wells junior, so was." Ruby-Jane ging zu ihm hin und umarmte ihn fest. „Was führt dich denn hierher? Ginger, schau mal, was da durch die Tür geweht ist." RJ schob Tom regelrecht weiter in den Laden.

„Ich seh's."

„Ruby-Jane, hallo, schön, dich zu sehen. Ginger … lange her, was!?" Er fuhr sich mit der Hand über sein langes, gewelltes Haar, und der Blick seiner blauen Augen huschte zwischen Ruby-Jane und Ginger hin und her, der die Knie schlotterten, völlig machtlos in seiner Gegenwart. „Habt ihr auf? Ist Maggie da? Ich wollte mir schnell die Haare schneiden lassen."

Ruby-Jane klopfte ihm lächelnd auf die Schulter. „Die gute alte Maggie Boyd ist in Rente gegangen." Wieder schob sie ihn vorwärts und signalisierte hinter seinem Rücken, dass Ginger mit ihm *reden* sollte.

„Also hat Maggie endlich ihre Reise nach Irland angetreten? Ich habe mich schon gewundert, warum auf dem Schild *Gingers Schnittchen* steht."

„S...sie ist tatsächlich gerade in Irland. Jetzt gehört der S...Salon mir." Gingers Stimme wurde immer leiser. In ihren eigenen Ohren, neben dem Donner ihres Herzschlags, klang sie leise und dünn. Sie griff nach dem Stiel der Farbrolle und drehte sich zur Wand. *Jetzt reiß dich mal zusammen. Denk dran, was er dir angetan hat.* Wenn sie auch nur ein bisschen Mut hätte, würde sie ihn jetzt mit Farbe überziehen.

„Weißt du noch, wie wir zusammen Mathe gelernt haben, Ginger?"

„Ja." Sie warf ihm einen Blick zu, bemühte sich so sehr, ruhig zu bleiben, aber Tom Wells mit seinen blauen Augen und diesen Mammut-Schultern stand nun einmal gerade in *ihrem* Salon.

Immer noch stumm mit Gesten und Grimassen kommunizierend, ging Ruby-Jane um ihn herum. „Ja, ist ja wirklich lange her, Tom. Seit du die Stadt in unserem letzten Schuljahr verlassen hast. Was führt dich denn her?"

„Ja, wirklich, ist schon eine Weile her. Ich ... also, ich bin wieder da. Wegen der Hochzeit. Von Bridgett und Eric." Er wirkte reserviert, fast schüchtern. Auf jeden Fall sehr viel demütiger als damals. „Ich bin der Trauzeuge."

Ginger drückte die Farbrolle an die Wand. Was? Er war einer von Erics Trauzeugen? Sie würde das ganze Wochenende über in seiner Nähe sein?

„Ich habe gehört, das wird die Hochzeit des Jahrzehnts." Ruby-Jane wedelte in Gingers Richtung. „Sie ist die Stylistin für den ganzen Zirkus."

„Echt?" Trotz seines Gesichtsausdrucks klang Tom beeindruckt. „Überrascht mich gar nicht. Du konntest das immer gut, mit Haaren und so, wenn ich mich recht erinnere." Er schaute sich um und wischte sich eine Strähne seines dicken Haars aus der Stirn. „Wie du siehst, brauche ich ganz dringend einen Haarschnitt. Aber anscheinend habt ihr gar nicht geöffnet."

Sein Lächeln nagelte Ginger förmlich an die Wand. *Jetzt komm mal runter, er ist nur auf der Durchreise ... lass dich nicht von ihm durcheinanderbringen.*

„Tut mir leid, aber wir streichen heute. Du kannst ja ins neue Einkaufszentrum südlich der Stadt fahren, wenn du einen Schnitt brauchst."

„Die Straßen sind furchtbar", sagte Tom und kam nah genug, dass sein subtiler Eigengeruch sich unter die Farbdämpfe mischte und sich auf ihr niederließ. „Ein Riesenstau auf dem Highway 21."

„Du weißt doch, wie es hier im Süden ist", sagte Ruby-Jane. „Wir können ja noch nicht einmal bei Regen Auto fahren, geschweige denn bei Eis oder Schnee."

Lachend schüttelte Tom den Kopf. „Sehr richtig." Er hob den Blick zu Ginger. „Also, ist es denn möglich, dass ich hier die Haare geschnitten bekomme? Es geht nur jetzt ..."

„Aber klar doch." Ruby-Jane legte ihre Farbrolle ab, schob die Plastikplane beiseite und führte Tom zu einem Stuhl am anderen Ende des Raumes. „Ginger, ist dieser Arbeitsplatz angeschlossen?" Mit den Lippen formte sie eine Art stummes Kommando und gestikulierte wild in Toms Richtung. „Bist du bereit?"

In dem Moment bemerkte Ginger ihren Arm, der unter ihrem Umhang hervorschaute und dessen Narben deutlich sichtbar waren. Und er hatte sie direkt angeschaut. Könnte sich der Boden denn nicht auftun und sie am Stück verschlucken? Sie legte ihre Rolle auf der Farbwanne ab, zupfte den Ärmel nach unten und dehnte ihn so, dass er bis zu den Fingerspitzen reichte.

Tom Wells ... in *ihrem* Salon ... in ihrem Stuhl ... wartete darauf, dass sie sein Haar anfasste. Nur der Gedanke daran gab ihr das Gefühl, sie könnte gleich auseinanderfallen.

„Hör mal, wenn Ginger nicht will ..." Er versuchte aufzustehen, aber Ruby-Jane schob ihn energisch in den Stuhl zurück.

„Will sie doch. Sie kommt gleich. Ginger, kannst du mir zeigen, wo die Barkasse ist? Dann gehe ich los und hole die Pizza." RJ packte sie am Arm und führte sie ins Hinterzimmer.

„Was ist denn mit dir los?" RJ, die ganz genau wusste, wo sich die Barkasse befand, nahm ein Gemälde einer Blumenwiese von der Wand, unter dem sich der Safe befand, und drehte am Stellrad. „Tom Wells ... hallo!" Sie griff nach der Geldtasche. „Wenn der mal nicht noch besser aussieht als damals in der Highschool, esse ich die Pizza alleine auf, und den Karton dazu. Und nett. Er wirkt so nett. Wie unfair, findest du nicht auch? Männer sehen immer besser aus, je älter sie werden, und bei Frauen *hängt* einfach alles."

„Was mit mir los ist?" Ginger hielt ihre Stimme gesenkt, sprach aber energisch. „Ich werde dir sagen, was mit mir los ist. Er war der einzige Junge, den ich je geliebt habe, der mich überhaupt je beachtet hat – und dann lässt er mich noch vor unserer ersten Verabredung sitzen."

Ruby-Jane nahm einen Zwanziger heraus und schloss die Geldtasche wieder sorgfältig ein. „Seine Familie ist *umgezogen*, weißt du noch?" Sie schlüpfte aus ihrem Malerkittel, den sie über eine Stuhllehne legte.

„Aber er hat mir nicht einmal gesagt, dass er weggeht. Wie schwer kann es sein, zum Hörer zu greifen? ‚Äh, Ginger, ich schaffe es nicht. Dad sagt, wir ziehen um.' Und später hat er auch nie angerufen oder wenigstens mal geschrieben."

„Dann geh halt da rein und versau seinen Haarschnitt, um es ihm heimzuzahlen. Aber Liebegutebeste ..."

Ruby-Jane wackelte mit den Augenbrauen. „Es ist Tom Wells. Der Tom Wells. Außerdem ist das zwölf Jahre her. Erzähl mir nicht, dass du ihm das immer noch nachträgst."

Tom Wells, ein Name, der Assoziationen weckte – umwerfend, athletisch, glühend, knieerweichend, küssbar ...

Ginger packte RJ an den Armen. „Lass mich nicht mit ihm alleine. Bleib hier. In zehn Minuten bin ich fertig."

„Vergiss es. Bis dahin ist die Pizza kalt." RJ feixte und ging um Ginger herum zurück in den Ladenraum. „Sag mal, Tom, wir haben zu viel Pizza bestellt. Hast du Lust, ein Stück mit uns zu essen?"

Memo an mich selbst: Ruby-Jane feuern.

Die Glöckchen schellten, als RJ hinausging. Munter winkte sie Ginger durch die Schaufensterscheibe zu. *Keine Sorge, RJ. Wie man in den Wald hineinruft, so schallt es heraus.*

„Ginger", sagte Tom im Aufstehen. „Ich werde dich nicht dazu zwingen, mir die Haare zu schneiden."

Ganz kurz trafen sich ihre Blicke. Ihr Herzschlag pulsierte in ihrer Kehle. Aus dem Augenwinkel konnte sie die kleinen weißen Schneewirbel sehen, die über sie hinwegtrieben. Selbst wenn sie ihn jetzt wegschickte, würde sie ihn bei der Hochzeit sehen müssen. Da konnte sie genauso gut seine Haare schneiden und ihn dann am Wochenende ignorieren.

„Ist schon gut." Sie wies auf die Waschbecken, zog sich den Kittel aus, den sie zum Streichen getragen hatte, und band sich eine saubere Schürze um. „Nimm das ganz rechts."

Tom machte es sich in dem schwarzen Stuhl bequem, während Ginger seinen Kopf in die Kuhle des Waschbeckens legte.

„Wie geht es dir?", fragte er, während sie seinen Kopf mit warmem Wasser benetzte.

„Gut." Sie zögerte. Dann fuhr sie mit den Fingern durch sein dichtes Haar. In der Highschool hatte sie davon geträumt, Toms dunkle, schwere Locken zu schneiden. Als Mr. Bickle sie dann in Mathe als Lernpartner zusammengespannt hatte, war sie sicher gewesen, sie wäre gestorben und im Himmel wieder aufgewacht.

Der Duft seines Rasierwassers überschwemmte nach und nach ihre Sinne. Sie atmete bewusst aus und versuchte, ihr Adrenalin zu zügeln, aber eine Berührung seiner weichen Locken reichte aus, und ihre Adern wurden zu Autobahnen der Sehnsüchte.

Das bedeutet überhaupt nichts. Nur ein Kunde … nur ein Kunde.

Ginger lugte in Toms Gesicht hinunter – eine Zusammenstellung der schönsten Gesichtszüge, die die Stars von Hollywoods Goldenem Zeitalter hervorgebracht hatten. Cary Grants Kultiviertheit mit Gregory Pecks heißem Blick, gemischt mit Jimmy Stewarts liebenswertem Mann-von-nebenan.

Ruhig jetzt … Als sie sein Haar einschäumte, fiel ihr Blick auf ihr eigenes Bild in einem der Spiegel.

Ihr Schal war verrutscht und gab den Blick frei auf ihre grässliche Narbe, die vor Scham rot leuchtete. Ginger steckte den Schal zurück an seinen Platz, ehe Tom aufschauen und sie sehen konnte.

Sie würde sich nie daran gewöhnen. Nie. Die Hässlichkeit. Die Erinnerung an das Feuer, an den Tag, an dem ihr klar wurde, dass sie ihr Leben lang gezeichnet sein würde. Daran, wie sie im Bett lag und weinte und wusste, dass niemand sie je wollen würde. Selbst mit erst zwölf Jahren hatte die Wahrheit bereits durch ihren Kopf geschallt.

Niemand ... niemand ... niemand ...

Kapitel 2

Während sein Kopf in der Waschschüssel lag und Gingers Hände sich durch sein Haar arbeiteten, seine Kopfhaut massierten und seinen Puls in die Höhe trieben, bereute Tom, an diesem verschneiten Tag für einen schnellen Haarschnitt vor die Tür gegangen zu sein.

Wäre ihm klar gewesen, dass Maggie den Salon an Ginger verkauft hatte, hätte er die glatten Straßen und das Verkehrschaos auf sich genommen und den neuen Friseurladen am anderen Ende der Stadt getestet.

Ja, er hatte natürlich gewusst, dass er ihr früher oder später begegnen müsste – vorzugsweise Letzteres –, aber doch nicht an seinem ersten Tag zurück in Rosebud. Nicht mit dem Kopf in ihrem Waschbecken liegend, mit ihren Händen in seinem Haar.

Er hatte gehen wollen, nachdem Ginger gesagt hatte, sie hätten geschlossen, aber dann hatte ihn Ruby-Jane hereingeschoben, und da saß er nun.

„Ginger", hob er an. Er räusperte sich. „Seit wann bist du …"

„Bitte aufrichten." Sie drückte sachte gegen seine Schulter. Als er sich aufgerichtet hatte, schlang sie ein Handtuch um seinen Kopf und trocknete sein Haar, was seine aufkommenden Gefühle nur weiter schürte. „Setz dich." Sie wies auf den Arbeitsplatz, auf den Ruby-Jane ihn platziert hatte.

Er stahl einen Blick auf sie im Spiegel, während sie das Handtuch entfernte und ihm einen Umhang umlegte. „Seit wann bist du denn wieder in Rosebud? Ich habe gehört, dass du vor sechs Monaten noch mit Tracie Blue auf Tournee warst!?"

Sie bückte sich vor ihm nach Schere und Kamm. „Ja, war ich."

Brrr. Er vermutete, dass es draußen gerade wärmer war als drinnen im Salon.

Ginger stellte die Stuhlhöhe ein und begann ihn zu kämmen. Er bemerkte ihren unaufdringlichen Geruch. Sie roch romantisch, wenn man Romantik als Duftnote bezeichnen konnte, wie ein milder, herrlicher Sommerabend in Alabama. Der Duft sammelte sich in dem Hohlraum zwischen seinem Herzen und seinen Rippen.

„Die Seiten trimmen? Und oben ein bisschen kürzer?", fragte sie.

„Ja, genau, die Seiten ein bisschen. Ich mag das nicht, wenn die Haare so über den Nacken und auf meine Ohren kriechen ..." Als sie beiseiteging, drangen die Farbdünste wieder zu ihm vor, übertünchten ihren Duft und holten ihn in die Wirklichkeit zurück. Er war wegen eines Haarschnitts gekommen, nicht zu einem Rendezvous mit einer Beinahe-Romanze aus seiner Vergangenheit.

Außerdem schien es sie nicht weiter zu kümmern, dass er ganz zufällig in ihren Laden geschneit war. Vielleicht erinnerte sie sich gar nicht an die Zuneigung zwischen ihnen, wie er mit ihr geflirtet und nach einem

Zeichen, einem kleinen Hinweis auf Interesse gesucht hatte.

Er hatte sie gerade ins Kino eingeladen, als Dad ankündigte, sie würden umziehen. Würden mitten in der Nacht die Stadt verlassen. Tom hatte keine Chance gehabt, sich von irgendjemandem zu verabschieden, und schon gar nicht von Ginger Winters.

„Bitte den Kopf vorbeugen."

Er neigte sein Kinn auf die Brust, atmete einmal tief für sich ein und einmal tief für sie aus.

Sollte er einfach mit einem „Es tut mir leid" anfangen? Oder sollte er die Vergangenheit Vergangenheit sein lassen?

Sie musste seit der Highschool Freunde gehabt haben. Immerhin war sie mit Tracie Blue auf Tour gewesen, hatte die Welt gesehen und allerhand Menschen getroffen. Vielleicht hatte sie ja jetzt einen Freund. Oder einen Verlobten. Er beobachtete im Spiegel ihre linke Hand. Kein Ring.

„Also, du hast noch gar nicht gesagt, seit wann du den Salon hast?" Smalltalk. Vielleicht konnte er sie dazu bringen, sich zu öffnen.

„Seit sechs Monaten." Sie tauschte die Schere gegen den Rasierer ein.

„Bist du froh darüber, wieder in Rosebud zu sein?" Er entspannte sich, probierte zu lächeln und ihren Blick zu erhaschen.

„Ja." Sie neigte seinen Kopf zur Seite und führte den summenden Apparat um sein Ohr herum.

„Gut ... gut ... ich auch."

Sie schaltete die Schermaschine aus, griff wieder zur Schere und wirbelte sie in ihren Fingern herum; ein Trick, den er gerne öfter gesehen hätte.

Entweder hatte sie einen schlechten Tag oder sie verabscheute ihn wirklich sehr. Ja, er hatte sie versetzt ... vor zwölf Jahren. Das verstand sie doch sicher, angesichts der Umstände.

„Schnee sieht man ja echt selten in Rosebud."

„Ziemlich ..."

„Ich bin auch wieder zurück. In Rosebud." Er verlagerte sein Gewicht. „Nicht nur für die Hochzeit."

Sie wurde langsamer, sah auf und schaute ihn im Spiegel an. „G...gut." Sie drehte ihn gerade zum Spiegel hin und prüfte, ob die Seiten gleichmäßig waren.

„Das mit Bridgett und Eric ist schön, oder?" Ganz Alabama wusste, dass der Sohn des Gouverneurs heiratete, ein ehemaliger Tailback und gefeierter Star der Crimson Tide.

„Ja." Das Gespräch stockte vollends, als sie über seinem Kopf den Föhn brausen ließ. Anschließend gab sie einen Tropfen Gel in ihre Handfläche und fuhr damit durch sein Haar, was ihm eine Gänsehaut bescherte.

Sie nahm ihm den Friseurumhang ab und pinselte die letzten abgeschnittenen Härchen von seinen Ohren und aus seinem Nacken. „Gefällt es dir?" Ihre Worte richteten sich an ihn, nicht aber ihr Blick, den sie abwandte, während sie den Umhang über einen anderen Stuhl legte.

„Ja, danke." Er beugte sich zum Spiegel vor. „Die Gerüchte stimmen. Du bist gut."

„Danke." Sie wartete am Empfangstresen auf ihn, und er wünschte sich, sie würde lächeln oder lachen oder ihm vors Schienbein treten. Dann wäre das Eis gebrochen. „Das macht dann zwanzig Dollar."

„Zwanzig?" Er öffnete seinen Geldbeutel. „Nur?"

„Wir sind in Rosebud."

Er grinste, holte einen Zehner und einen Zwanziger aus dem Portemonnaie und schaute sie an. „Es tut mir leid, Ginger." Das Geständnis kam ohne großes Nachdenken, ohne Hintergedanken. Er war frei, konnte dorthin gehen, wo der Moment ihn hinführte.

Sie erstarrte, griff nach dem Geld und schaute mit leuchtenden haselbraunen Augen zu ihm auf. „Es tut dir leid?"

Die Ladentür wurde aufgerissen und Ruby-Jane platzte herein, samt einer kalten Brise, einem großen Pizzakarton und drei Getränkedosen in der Hand. Das Aroma heißer Tomatensoße und gebackenen Teigs mischte sich mit den Farbdämpfen.

„Kinder, ich bin zu Hause. Im Hinterzimmer gibt's Mittagessen. Tom, Junge, schicker Schnitt. Ist Ginger nicht einfach die Beste?"

„Sie ist eine Großmeisterin." Er lächelte Ginger an. In Gedanken bat er sie darum, seine Entschuldigung anzunehmen.

„Ich habe Anthony erzählt, du seist in der Stadt, und da sagte er, du würdest hier eine Gemeinde gründen.

Stimmt das?" Ruby-Jane verschwand im Hinterzimmer, nur um einen Augenblick später mit einem weich aussehenden, überbackenen Stück Brot in der Hand wieder aufzutauchen. „Jetzt kommt schon. Noch ist alles schön heiß. Bedien dich, Tom!"

„Danke, aber ich kann nicht bleiben." Tom machte eine Handbewegung zur Tür hin und trat einen Schritt zurück. Außerdem: Wenn Gingers steife Haltung irgendetwas zu bedeuten hatte, dann dass er nicht erwünscht war. „Ich habe ein Treffen. Und ja, ich bin wieder zurück in der Stadt und gründe eine Gemeinde. Der erste Gottesdienst ist am Sonntag in einer Woche in der alten First United Church in der Mercy Road, im Nordwesten der Stadt. Ihr wisst ja, wo das ist." Er ging zur Tür. „Danke, dass du dir die Zeit genommen hast, mir die Haare zu schneiden, Ginger. Das weiß ich sehr zu schätzen. Sehen wir uns am Wochenende?"

Sie nickte. Einmal. „Denke schon."

Als sich die Tür hinter ihm schloss, ging Tom durch den eisigen Wind den Gehweg hinunter. Was war nur an Ginger, dass sie so eine Sehnsucht in ihm weckte? Das schmerzhafte Verlangen, ihr Freund zu sein, mit ihr zu lachen, mit *ihr* zu besprechen, was ihm auf dem Herzen lag, sich anzuhören, was ihr auf dem Herzen lag, ihre Narben zu berühren und ihr zu sagen, dass alles gut werden würde?

Ihr zu sagen, dass sie wunderschön war.

Aber wie könnte er *je* eine Liebesbeziehung mit ihr beginnen? Was würden seine Eltern sagen?

Schüttel das ab. Er war nicht nach Rosebud zurückgekommen, um Gingers Herz zu gewinnen. Er war gekommen, um einen Dienst anzufangen, um Gottes Ruf zu folgen, und vielleicht, um den Ruf und das Erbe seiner Familie wiederherzustellen. Nicht um die Leute an das Versagen seines Vaters zu erinnern. Daran, dass er seine Familie und all ihre Habseligkeiten gepackt und mitten in der Nacht unter vermeintlich skandalösen Umständen abgereist war. Dass er seine Kirche, seine Berufung – und für eine kurze Zeit auch seinen Glauben – hinter sich gelassen hatte.

Tom musste mehr als anständig sein, er musste über jeden Zweifel erhaben sein, damit sein Gemeindegründungsprojekt aufblühen konnte.

Aber, möge der Himmel ihm helfen, Ginger Winters war so schön wie eh und je, wenn auch nicht mehr so offen und verwundbar wie damals, als er sie zuletzt gesehen hatte. Und so verrückt das klang, irgendwo tief in ihm, unter all den Schichten des Anstands, unter aller Angst, sehnte sich Tom danach, der Mann in ihrem Leben zu sein.

Genau wie er sich danach gesehnt hatte, als er sie zum ersten Mal überhaupt erblickt hatte.

Kapitel 3

Sie fühlte sich schlecht, weil sie ihn behandelt hatte, als sei er ein Stück Klopapier, das an ihrer Schuhsohle klebte. Aber Tom Wells? Wäre der Mann im Mond hereinspaziert und hätte sie um einen Haarschnitt gebeten, wäre sie darauf wohl besser vorbereitet gewesen als auf ihn.

Nachdem Tom gegangen war, saß Ginger am Esstisch im Hinterzimmer, sortierte ihre Gefühle und aß Pizza, während Ruby-Jane redete. „Herrje, da werde ich mich wohl nochmal bekehren und in Toms Kirche gehen müssen. Ich meine, um Himmels Willen, er ist einfach umwerfend, und dann auch noch ein Mann Gottes ..."

„Ruby-Jane, bitte lass dich nicht ins Bockshorn jagen. Erinnerst du dich nicht mehr, wie sich die komplette Familie aus der Stadt geschlichen hat? An den Skandal?" Ginger biss ein kleines Stück Pizza ab. Ihre Haltung gegenüber Tom hatte ihren Appetit ein wenig gedämpft. „Wie der Vater, so der Sohn."

„Um was ging es da eigentlich?", fragte Ruby-Jane.

„Wer weiß das schon? Wen interessiert es?" Ginger nicht. Jedenfalls wollte sie gerne glauben, dass es sie nicht interessierte. Welche Frau im Vollbesitz ihrer geistigen Kräfte schleppte schon den Schmerz darüber, dass ein Junge sie versetzt hatte, über ein Jahrzehnt lang mit sich herum?

„Na, mich. Mein zukünftiger Ehemann *könnte* der neue Starprediger von Rosebud sein." Ruby-Jane legte sich noch ein Pizzastück auf den Teller. „Nun komm, erzähl mir doch nicht, dass du immer noch sauer bist, weil er die Stadt verlassen hat, ohne dir vorher Bescheid zu sagen."

„Er ist ja nicht nur gegangen. Er ist verschwunden."

„Ginger, die sind doch nicht verschwunden. Wir haben doch gehört, dass sie nach Atlanta gezogen sind."

„Aber nicht von ihm selbst. Ich habe gedacht, wir seien Freunde, weißt du? Aber kein Pieps von ihm, die ganze Zeit nicht, bis er vor zwanzig Minuten hier hereinspaziert ist." Traurig darüber, dass ihr sogar der Appetit auf Anthonys Pizza vergangen war, schob Ginger sich vom Tisch weg. „Können wir jetzt weiterstreichen?"

„Also *bist* du immer noch sauer." Ruby-Jane wischte sich die Mundwinkel mit einer zusammengeknüllten Serviette ab. „Das ist zwölf Jahre her."

„Ich bin nicht sauer." Doch das war sie, und das störte sie, gründlich. „Komm schon, lass uns wieder an die Arbeit gehen. Ich will wenigstens eine Wand schaffen, bevor ich am Freitag abfahre."

„Du weißt, dass er Erics Trauzeuge ist. Er wird das *gaaanze* Wochenende bei diesem Maynard-James-Spektakel sein."

„Ich habe es gehört. Ich habe hier gestanden, als er das erzählt hat. Worauf willst du hinaus?"

„Ich glaube, dass du in ihn verknallt bist. Immer noch. Und dass du sauer auf ihn bist. Immer noch."

„Und ich glaube, dass dir die Farbdämpfe ins Hirn gestiegen sind. Ich bin *nicht* in ihn verknallt. Ich bin *nicht* sauer auf ihn." Ginger eilte in den Ladenraum, entfernte die Schürze und griff nach dem leicht bekleckstem Kittel.

Dennoch sagten ihr ihr Puls und das ängstliche Flattern in ihrer Brust etwas anderes. In Wirklichkeit war sie verletzt. Schlimmer noch, es war durchaus *möglich*, dass sie immer noch in ihn verknallt war. Ihn zu sehen, hatte eine Tür eingetreten, von der sie gedacht hatte, sie hätte sie gründlich verrammelt und verriegelt.

„Weißt du was?", sagte Ruby-Jane, die hinter ihr mit einem Stück Pizza und ihrem Kittel in der Hand hereinkam. „Es geht nicht bei allem um deine Vergangenheit, darum, dass du in der Wohnwagensiedlung aufgewachsen bist oder um deine Narben."

Ginger nahm ihre Farbrolle zur Hand. „Das habe ich auch nie behauptet."

„Wenn ich sehe, wie kalt und steif du mit Tom umgehst, wie schroff du mit ihm bist, dann weiß ich, dass du Gefühle für ihn hast. *Immer noch.* Aber du nimmst dich selbst nur als das Mädchen mit den Brandnarben aus der Wohnwagensiedlung wahr, das für niemanden gut genug ist."

„Ich bin das Mädchen aus der Wohnwagensiedlung." Ginger schob ihren Ärmel hoch. „Und ich bin immer noch sehr vernarbt. Sieh mal, er ist einfach ein Mann, der wegen eines Haarschnitts hergekommen ist. Ende der Geschichte."

„Ein Mann, der wegen eines Haarschnitts hergekommen ist?" Ruby-Jane lachte mit dem Mund voller Pizza und funkelnden braunen Augen. „Ginger, du hättest mal dein Gesicht sehen sollen, als ich gesagt habe, er könnte mein zukünftiger Ehemann sein. Du bist erst blass geworden, dann rosa und dann grün."

„Du bist echt eine Märchenerzählerin." Ginger hob ihre Rolle zur Decke und streckte sich, so hoch sie nur konnte, um so viel Wand zu streichen, wie es ohne eine Leiter nur möglich war. Sie würde die Trittleiter aus dem Schuppen holen müssen, um ganz oben zu streichen. „Hast du mit Michele und Casey geklärt, ob sie die Termine am Wochenende im Griff haben?"

„Mit denen habe ich gestern gesprochen, Boss. Und du weißt doch, dass ich hier sein und aushelfen werde." Ruby-Jane nahm ihre Farbrolle ebenfalls zur Hand. „Fall nicht wieder in die Highschool-Rolle zurück, okay? Ich mag die selbstbewusste Salonchefin, die weiß, dass sie eine fabelhafte Stylistin ist." RJ zupfte an Gingers Schal. „Obwohl du dich immer noch hinter dieser Art Zeugs versteckst."

Ginger wich RJs Berührung aus und legte den Schal wieder an seinen Platz, wo er ihre raue, runzlige Haut bedeckte. „Manche Dinge ändern sich eben nie."

Aber andere Dinge konnten sich ändern. Wie das Interieur dieses Salons. Wie ihr Ruf als coole Salonbesitzerin in der wiederbelebten Innenstadt von Rosebud, der Heimat des Gouverneurs von Alabama. Wie die Tatsache, dass sie Männer wie Tom Wells junior, ob nun Prediger oder nicht, nicht an sich herankommen ließ. Männer wie er heirateten spindeldürre Blondinen mit von Gott geküssten Gesichtern, Lächeln, die funkelten wie Diamanten, und makelloser, *glatter* Haut.

„Weißt du, Ginger, seitdem ich dich kenne, versteckst du dich hinter langen Ärmeln und Schals. Ich verstehe das schon." Ruby-Jane fuhr mit der Farbrolle auf und ab. „Du fühlst dich mit deinen Brandwunden nicht wohl. Pass nur auf, dass du dich nicht zu gut versteckst und einen Mann wie Tom Wells aus deinem Leben heraushältst. Man kann nie wissen, vielleicht könnte ja gerade er die Flamme deiner Leidenschaft entfachen."

Oh, Ruby-Jane. Verstand sie es denn nicht? Die Sehnsucht nach *dieser Art* Flamme, der Flamme von Liebe und Leidenschaft, war das gefährlichste Feuer von allen.

Am Mittwochnachmittag fegte Tom mit einem breiten Strohbesen, den er im Lagerraum gefunden hatte, die groben breiten Dielen des alten Kirchenbodens. Wie die meisten Einrichtungsgegenstände der Kirche stammte der Besen vermutlich aus den 50er-Jahren. Eine neue Gemeinde zu gründen mit gerade einmal genug Geld, um sein mageres Salär zu bezahlen, bedeutete, dass er sowohl Hausmeister als auch Sekretär, Hirte, Prediger und Seelsorger war.

Staub wirbelte vom Boden auf und tanzte im Sonnenlicht, das durch die Querbalken über den Buntglasfenstern fiel.

Er summte ein Lied von der Lobpreisprobe vom Vorabend. Seine Brust vibrierte unter der Melodie, und die Textzeilen belebten seinen Geist.

... you fascinate us with your love.

Er hatte schon befürchtet, er würde auch den Lobpreis zu seinen Aufgaben zählen müssen – und das bei seinen eher grundlegenden Gitarrenkünsten –, bis eine talentierte junge Frau, Alisha Powell, sich für die Aufgabe gemeldet hatte.

Am Abend zuvor hatte Tom in der letzten Reihe gesessen, ihrer Bandprobe zugeschaut und beinahe vor Dankbarkeit geweint. Er hatte in Gottes Gegenwart gesessen und zum zehnten Mal, seitdem er in Rosebud angekommen war, gespürt, dass er aufgrund einer Eingebung des Allmächtigen zurückgekehrt war.

„Nun, wie ich sehe, hast du das wichtigste Werkzeug gefunden."

Tom warf einen Blick nach hinten. Pop. Lächelnd stützte er sich auf den Besen, während sein Großvater den Mittelgang hinunterschlenderte.

„Wolltest du nachschauen, ob ich ordentlich mit dem Besen umgehen kann?" Tom streckte Pop die Hand entgegen.

Der alte Mann winkte ab und zog Tom in eine Umarmung. „Ich schätze, im Aufkehren bist du ganz gut. Und es freut mich, dass du ebenso gut predigen kannst." Pop ließ sich auf der vordersten Bank nieder, betrachtete den Altar und die Kanzel, hob seinen Blick zur Decke und schaute dann Tom an. „Hier habe ich mit neunzehn meine erste Predigt gehalten." Er zeigte auf die Kanzel. „Ich glaube, das alte Ding war damals schon hier."

Tom setzte sich neben ihn. Den Besen lehnte er an sein Bein. „Worüber hast du gepredigt?"

„Darüber, dass Gott uns würdig macht für das Leben, zu dem er uns berufen hat. Dass er uns zur Vollendung führt."

„Zweiter Thessalonicher."

„Gut." Pop schlug sich auf die Oberschenkel und erhob sich. „Hauptaufgabe eines Predigers: Kenne das Wort. Lebe es, bete es, singe es. Also Tom, hat Edward Frizz dir ein Sonderangebot für die alte Hütte hier gemacht?" Er trat vor und stellte sich hinter die Kanzel.

„Er hat mir einen riesigen Gefallen getan. Er hat herausgefunden, dass das Gebäude hier günstig zu kaufen ist. Und das kurz bevor wir einen teuren Mietvertrag für ..." Kurz davor, schmerzhafte Erinnerungen zu wecken, hielt Tom inne.

„Für das Gebäude der alten Gemeinde deines Vaters unterzeichnen wolltet?", ergänzte Pop für ihn.

Tom stampfte mit den Borsten des Besens auf, als er sich erhob. „Das Gebäude war in einem guten Zustand. Sehr viel moderner als das hier, aber eben teuer. Und ich weiß auch nicht, ich wollte auch nicht ..."

„In seinem Schatten stehen?" Pop beugte sich über die braune, ausgetrocknete Holzkanzel. „Die Leute daran erinnern, was passiert ist?"

„Ich will einfach nur meinen eigenen Weg gehen. Du und ich, wir wissen doch beide, dass in Rosebud eine Menge Leute wohnen, die früher in Dads Gemeinde gegangen sind. Die wissen, dass er unter dubiosen

Umständen weggegangen ist. Ich habe erst neulich herausgefunden, was passiert ist und warum wir mitten in der Nacht die Stadt verlassen haben. Ich kann dir garantieren, dass es eine Menge Menschen gibt, die sich ihre ganz eigenen Theorien darüber gemacht haben. Ich bin hergekommen, weil der Herr mich geführt hat. Nicht um die Vergangenheit und die Verdächtigungen der Leute heraufzubeschwören." Tom zeigte mit dem Besenstiel auf die alte Orgel hinter dem Taufbecken. „Ich will einen Neuanfang. Selbst wenn wir das an diesem alten Ort hier machen müssen. Mit dieser großen, alten Orgel."

Pop kam die Stufen herunter. „Dein Daddy hat richtig gehandelt, als er gegangen ist, wie er gegangen ist. Er hat alle Verbindungen abgeschnitten und nur seine Familie und das Nötigste mitgenommen."

„Mir kam das damals nicht so vor."

Pop schnitt eine Grimasse. „Nein, aber du bist ja trotzdem ganz ordentlich geraten."

„Nach einem wilden Umweg übers College und viel zu vielen durchsoffenen Nächten."

„Was dazu geführt hat, dass du irgendwann ‚Okay Gott, ich gehöre dir' gesagt hast, nachdem du Woche für Woche mit dem Kopf in der Kloschüssel gelandet bist."

Lachend schüttelte Tom den Kopf. Er war dankbar dafür, in Gesellschaft seines Großvaters zu sein, weil er in der Weisheit und der Seelenruhe des alten Mannes Trost fand. „In der Rückschau kann ich Gottes Hand in meinem Leben sehen, sogar im überstürzten Aufbruch der Familie aus Rosebud, aber damals?" Tom strich leicht mit dem Besen über den trockenen Holzboden. „Ich war überzeugt davon, dass Dad und Gott mein Leben ruiniert hätten. Also, glaubst du denn, dass nächsten Sonntag jemand unter Fünfzig hierherkommen wird? Als ich heute Morgen vom Pfarrhaus herübergekommen bin, ist mir bewusst geworden, wie alt diese Kirche wirkt. Weiße Holzschindeln, Kirchturm, kleiner Eingangsbereich, langes, rechteckiges Kirchenschiff, Buntglasfenster."

„Sei du nur deiner Berufung und dem Herrn treu. Lass Ihn das Los werfen und die Entscheidungen treffen."

Tom lehnte sich gegen die Seite einer Bankreihe. Das Licht hatte sich verändert, und ein Kaleidoskop der Farben bewegte sich auf dem weißen Putz. „Meinst du, ich packe das?"

„Spielt es denn eine Rolle, was ich denke?" Pop setzte sich wieder und lehnte sich, die Hände auf den Knien, zurück. Sein Karohemd lag glatt auf seiner schmalen Brust. „Es spielt doch nur eine Rolle, was *Er* denkt und dass du auf Seine Liebe für dich und auf Seine Führung vertraust."

„Tja, darum geht es letztlich wohl immer, wenn man Jesus nachfolgen will."

„Das Beste, was ich dir mitgeben kann, ist Ihn von ganzem Herzen, von ganzer Seele, von ganzem Gemüt und mit all deiner Kraft zu lieben. Tu das, und dann wirst du gar keine Zeit haben für irgendwelche anderen Techtelmechtel."

Apropos Techtelmechtel ... „Ich bin heute Morgen Ginger Winters über den Weg gelaufen."

Pop runzelte die Stirn. „Ich bin mir nicht sicher, ob ich mich erinnere, wer ..."

„Sie ist die Tochter der Frau ..."

„Ah", sagte Pop, „verstehe."

„Sie hat jetzt einen Schönheitssalon in der Main Street. Wo Maggies Salon früher war. Ich bin hingegangen, um mir für Erics Hochzeit dieses Wochenende die Haare schneiden zu lassen, und habe statt der guten alten Maggie Ginger vorgefunden."

„Ich habe schon gehört, dass sie in den Ruhestand gegangen ist. Aber es dauert immer etwas länger, bis die neuesten Nachrichten zur Farm vorgedrungen sind." Pop musterte Tom augenzwinkernd. „Was hat es also mit diesem Ginger-Mädchen auf sich? Außer dass sie die Tochter von ..."

„Richtig ... also, wir waren damals Freunde und gerade dabei, uns besser kennenzulernen, als alles den Bach runtergegangen ist. Ich wusste nicht einmal, dass ihre Mutter und Dad einander *kannten*."

Er war nie dazu gekommen, Ginger zu fragen, was sie für ihn empfand. Die Schule hatte gerade erst begonnen. Sie hatten sich ein paar Mal zum Lernen getroffen, mehr war nicht passiert. Aber wenn er mit ihr zusammen war, fühlte sein Herz neue und wundervolle Dinge. Dann wollte er ein besserer Mensch sein.

Sie dagegen war schwer zu lesen. Behielt ihre Gefühle für sich.

„Hast du ihr das Herz gebrochen?"

„Das weiß ich nicht. Wir waren zum Kino verabredet, als Dad mich zwang, meine Sachen zu packen." Tom schüttelte den Kopf und starrte an Pop vorbei zur Chortür. „Ich habe sie nie angerufen. Ich habe mich zu sehr geschämt. Ich wusste auch nicht, was ich ihr sagen sollte. ‚Wir schleichen uns aus der Stadt. Mein Dad ist ein Trottel.' Also habe ich es einfach gelassen. Ich habe ihr nie geschrieben, habe sie nie angerufen."

„Zwölf Jahre sind eine lange Zeit, Tom. Ich glaube kaum, dass sie heute noch Groll hegt, weil ein Highschool-Bubi sie nicht zu Pizza und Kino abgeholt hat. Sie dürfte die ganze Geschichte kennen, wo ihre Mama doch involviert war." Pop rieb sich das Kinn. „Obwohl Tom senior es geschafft hat, das alles gut unter Verschluss zu halten."

„Ich weiß nicht, was sie weiß, außer dass ich sie versetzt habe." An dem Donnerstagnachmittag, als er sie nach der Schule um die Verabredung gebeten hatte, hätte er sie beinahe geküsst, als sie so neben seinem Auto standen. Aber Eric und Edward waren aus dem Nichts aufgetaucht, aufwieglerisch, voller Übermut, und hatten die ganze Stimmung kaputtgemacht.

Und sie dann heute zu sehen? Es fühlte sich an, als ob ein loser Teil seines Herzens wieder an seinen Platz gekommen wäre. Ginger ging es gut. Sie war erfolgreich. Und immer noch wunderschön. „Na, egal", sagte Tom, schaute zu Boden und fegte weiter. „Sie hat dann später ziemlich Karriere gemacht. Sie war Stylistin für Tracie Blue. Das ist eine bekannte Countrysängerin ..."

"Ich kenne Tracie Blue", sagte Pop lächelnd. "Das ist ziemlich beeindruckend."

Tom lachte. "Und woher kennt ein alter Evangelist wie du Tracie Blue?"

"Facebook."

"Facebook?"

Pop nickte. "Deine Tante Marlee hat mich angemeldet."

"Nicht mal ich bin bei Facebook." Tom lachte und klopfte mit dem Besen auf den Boden.

"Dann sag Marlee, dass sie dir ein Profil anlegen soll."

Pop wurde wieder ernst. "Tom, ich habe in der Sache nur einen Rat für dich. Brüte nicht über dieser Ginger-Geschichte. Bring die Sache in Ordnung, wenn du das Gefühl hast, da ist noch was offen, aber brüte nicht darüber. Schreibe ihr nicht auf der Grundlage dessen, was *du* denkst und fühlst, Gedanken und Gefühle zu. Deshalb ist die Welt ja so durcheinander."

Pop, solch eine Quelle der Weisheit und der Wahrheit. "Sie wird bei der Hochzeit sein. Ich schätze, ich werde wohl einen Moment finden, in dem ich mich mit ihr unterhalten kann."

"Mach sie aber bloß nicht zu einer Art Projekt." Pop beugte sich vor und tippte Tom auf den Arm. "Lass Gott sich um ihre ewige Seele kümmern. Verweise sie auf Ihn, nicht auf dich selbst."

"Ja, ja. Verstehe. Dad hat mir die gleiche Predigt gehalten."

„Das sollte er auch. Weil es genau das ist, was ihn aus der Bahn geworfen hat. Menschen als persönliche Projekte zu sehen. Sich verantwortlich zu fühlen. Andere sich sehen zu lassen anstatt Jesus. Er hat schon immer mit seinem Stolz gekämpft. Das habe ich ihm schon oft aufgezeigt. Aber Gott versöhnt. Gott heilt." Pop sprach weiter: „Aber du, mein lieber Junge, musst dich daran erinnern, warum du nach Rosebud zurückgekehrt bist. Und das lag nicht nur daran, dass Edward Frizz dich angerufen und dich gebeten hat, eine neue Gemeinde zu gründen."

„Und *nicht* nur, weil ich Dads Name und Ruf wiederherstellen will."

„Nein." Pops Lachen dröhnte laut. „Den Teil lässt du besser ganz weg. Wenn du erst einmal anfängst, dir um den Ruf von irgendwem Sorgen zu machen, wirst du untergehen, noch bevor du angefangen hast." Er zeigte zur Decke. „Schau auf Ihn, nicht auf dich selbst, deine Familie, den Namen Wells oder die Vergangenheit. Weißt du, was König Sauls Ruin war? Ihm war wichtiger, was die Leute dachten, als was Gott dachte."

Tom lauschte, dachte nach, versuchte das, was wegen Ginger Winters an seinen Gedanken nagte, mit dem, was Pop sagte, in Einklang zu bringen.

„Weißt du was?", sagte Pop und stand auf. „Wenn du diesem Mädchen wirklich helfen willst, dann gewinne sie für Jesus."

„Heißt das nicht, dass ich sie zu einem Projekt mache?"

Pop grunzte. „Nein, das heißt, ihr zu zeigen, dass sie geliebt ist. Alles andere ist Wollust oder Stolz. Dein eigenes Herz und deinen Ruf zu riskieren, um sie zur Wahrheit zu führen, ist Liebe. Wie wäre es, wenn wir beim Mittagessen weiter darüber sprechen? Ich bin am Verhungern."

Tom lehnte den Besen gegen eine Bank und ging in sein Büro, um seine Jacke zu holen. *Sie für Jesus gewinnen?* Musste sie denn gewonnen werden? *Wie baue ich eine Beziehung zu ihr auf? Was soll ich bloß sagen?* Er betete murmelnd, während er in den Kirchenraum zurückkehrte und mit Pop zum Auto ging.

Eine einfache, aber herrliche Antwort auf seine Frage stieg in ihm auf und verweilte in seinem Herzen.

Sage ihr, dass sie schön ist.

Kapitel 4

Am Freitagabend fing es genau in dem Moment an zu regnen, als Ginger die Stadtgrenze von Rosebud überquerte. Erschöpft drehte sie das Radio lauter.

Am Mittwoch hatten sie noch bis spät am Abend gestrichen – es hatte ewig gedauert, die eine Wand fertig zu bekommen, und sie bräuchte noch eine zweite Schicht Farbe – und den Donnerstag und Freitag mit ihren ganz normalen Salonterminen gefüllt, plus den wegen des Schnees ausgefallenen Terminen der Vortage.

Zwischen den Haarschnitten beantwortete sie überdrehte Textnachrichten von Bridgett, die „nur noch eine Kleinigkeit" vorschlug oder fragte, ob „noch Zeit wäre, Tante Carol eine Dauerwelle zu verpassen".

Als sie jetzt Richtung Süden zur Magnolienplantage der Maynards fuhr, die in der südwestlichsten Ecke des Bezirks lag, und die regenschweren Wolken das Winterlicht dämpften, wünschte sie sich nichts mehr als ein langes, heißes Bad und ihr Bett.

Bridgett hatte sie darüber informiert, dass sie ein Zimmer mit einer der Brautjungfern teilen würde, Miranda Shoemaker. Ginger störte das nicht, solange sie ihr eigenes Bett hatte.

Alles, was sie brauchte, um ihr charmantes Ich-verschönere-alle-Ich zum Vorschein bringen zu können, war eine ordentliche Nachtruhe mit ausreichend Schlaf. Bei der Party heute Abend würde sie nicht gebraucht werden, also hoffte sie, dass sie sich nach dem üblichen Smalltalk entschuldigen und in ihr Zimmer zurückziehen könnte.

Tracie Blue hatte das immer gewusst. *Ginger braucht ihren Schlaf.* Sie hatte dafür gesorgt, dass sie in den Tourbussen einen Bereich für sich hatte.

Jetzt, während sie durch eiskalten Regen einen einsamen Highway entlangsauste und die Anspannungen des Tages wegatmete, fiel ihr Tom wieder ein.

Er war zurück in der Stadt.

Ginger packte das Lenkrad etwas fester, rutschte in ihrem Sitz herum und zupfte den Sicherheitsgurt ihres 1969er-VW-Käfers zurecht.

Wie war es möglich, dass diese Nachricht ihr Herz nach zwölf Jahren noch höherschlagen ließ? Jahre, in denen er sie nicht ein einziges Mal kontaktiert hatte.

Trotzdem änderte seine Gegenwart alles, was dieses Wochenende anging. Sie hatte als Stylistin angeheuert, als jemand, der sich hinter den Kulissen aufhielt, losgelöst von der Hochzeit an sich, den Gästen und der Feier. Das war für sie auch völlig in Ordnung so. Sie hatte diese Rolle perfektioniert, während sie für Tracie gearbeitet hatte.

Aber jetzt wollte ein kleiner Teil ihrer selbst eine Frau sein, nicht nur eine Bedienstete, und von *ihm* gesehen werden. Sie hatte Tagträume davon, an den Hochzeitsfeierlichkeiten teilzunehmen, und die verstörten sie. Sie erschütterten ihre solide gebauten, bewusst angeordneten emotionalen Barrieren.

Nur ein einziges Mal in ihrem Leben hatte sie schon mal so empfunden. In der Highschool. Als Tom Wells junior ihr Lernpartner in Mathe gewesen war. *Grrr*, diese ganze Sache irritierte sie. Es irritierte sie, dass sie sich vorkam wie eine Siebzehnjährige, die gefühlsmäßig in die Ecke gedrängt wurde.

Nach der nächsten Kurve entdeckte Ginger zwischen den schlanken Kiefern und den Virginia-Eichen die goldenen Lichter des Plantagenhauses, die leuchteten wie ein Mond, der so gerade eben über dem dünnen, nassen, dunklen Horizont aufging.

Sie rollte die geschwungene Auffahrt hinunter, parkte und eilte zur Veranda. Der Regen ließ etwas nach, als wollten die Sturmwolken Luft holen für eine zweite Runde.

Sie war ein Profi. Nur die Stylistin. Abgeklärt und unbeteiligt, eine Angestellte.

In der feuchtkalten Luft zitternd läutete Ginger und zauberte sich ein Lächeln ins Gesicht, als eine ältere Frau in einer Dienstmädchenuniform die Tür öffnete.

„Hallo, ich bin Ginger Winters. Die Stylistin."

Das Dienstmädchen trat beiseite. „Sie sind im Salon."

„Vielen Dank." Ginger trat ein und bot ihr die Hand. „Und Sie sind?"

„Eleanor."

„Eleanor. Schön, Sie kennenzulernen."

Der strenge Gesichtsausdruck der Frau wurde etwas weicher. „Ja, gleichfalls. Hier entlang." Sie führte sie durch ein kleines, förmliches Wohnzimmer und eine große Bibliothek, dann durch einen kurzen Flur, wo sich lachende Männer- und Frauenstimmen vermischten.

Eleanor hielt an einer großen Flügeltür inne. „Das Abendessen ist heute ein Büffet, es steht auf dem Sideboard. Bitte, bedienen Sie sich."

„Danke schön." Ginger zögerte, als sie aus dem marmornen Flur auf den Plüschteppich in Smaragdgrün und Gold trat und sich im Raum umsah. Niemand nahm sie wahr. Aber das war nichts Ungewöhnliches.

Von dem Kristalllüster ausgehend lag ein schwaches Leuchten über dem Raum, als sei es zu gut für das klare goldene Licht aus den Wandleuchten und Tischlampen. An der am weitesten entfernten Wand umrahmten tiefrote Vorhänge einen offenen Kamin, der aus weißen Steinen gemauert war. Trotz seiner Größe wirkte der Salon warm und gemütlich, einladend.

Komm herein. Sogar du, Ginger Waters.

Einige Frauen saßen mit Weingläsern in der Hand zurückgelehnt auf mehreren zueinander passenden weißen Sofas. Das Feuer knisterte und prasselte, die Flammen reckten sich in den Rauchfang.

Aber die Sofas beim Feuer waren nichts für sie. Egal, wie schön der Kamin war, Ginger mied Flammen aller Art. Von Lagerfeuern und Streichhölzern über Feuerzeuge und Wunderkerzen bis hin zu Männern, die ihr das Gefühl gaben, ihr Herz sei aus Zunder.

Apropos Männer, Tom hatte sie noch nicht entdeckt. Zu ihrer Rechten sah sie den Bräutigam, Eric, der mit einigen anderen auf einem großen Flachbildfernseher ein Sportprogramm schaute.

Zu ihrer Linken waren Bridgett und einige andere, die sich am Bartresen unterhielten. Da waren Edward Frizz und Brandi Heinly, eine von Bridgetts Freundinnen von der Highschool. Sie alle waren Teil der Schönen und Selbstbewussten, zu denen Ginger keinen Zutritt hatte.

Sollte sie einfach weggehen, nachdem keiner sie beachtete? *Hallo, zusammen?* Der Duft von Roastbeef und irgendetwas mit Käse weckte ihren Appetit. Zum Frühstück hatte sie ein kaltes Stück Pizza gegessen, aber seitdem nichts mehr.

Aber zuerst musste sie sich mit Bridgett kurzschließen, ihr Bescheid sagen, dass sie angekommen war. Und dann würde sie morgen um neun Uhr anfangen, den Müttern die Haare zu waschen und zu legen.

Die Arme steif an den Körper gepresst, bewegte sich Ginger zentimeterweise durch den Raum. „Bridgett, hallo, also, ich bin jetzt da."

„Ginger!" Eine strahlende und heitere Bridgett umfing sie in einer glücklichen Umarmung und führte sie in die Mitte des Raums. „Mädels, das ist Ginger Winters, von der ich euch erzählt habe, Fräulein Fabelhaft. Ihr Glätteisen ist ein Zauberstab."

Ginger lächelte und winkte den Frauen auf dem Sofa zu. „Schön, euch zu sehen."

Eine der Frauen drückte sich auf ihrem Knie hoch und lehnte sich auf dem Sofa zurück. „Bist du wirklich mit Tracie Blue auf Tour gewesen?"

„Ja, bin ich. Drei Jahre lang." Ein echter Vorteil, wenn man für einen Superstar gearbeitet hat: Man hatte immer ein gutes Gesprächsthema.

„Ach du meine Güte, ich glaub's nicht. Sie ist meine Lieblingssängerin." Das kam von Sarah Alvarez, einer weiteren Brautjungfer und Rosebud-High-Ehemaligen. „Wie spannend. Was kannst du uns alles Geheimes erzählen?" Sarah wackelte mit den Augenbrauen und setzte sich zu den anderen Frauen aufs Sofa.

„Nichts, leider. Ich habe eine Verschwiegenheitsverpflichtung unterzeichnet. Sie könnte mich auf mehr Geld verklagen, als ich in drei Leben verdienen kann."

Sarah zog eine Schnute, zuckte die Schultern und wandte sich ab, um sich wieder den Gesprächen am Kamin zu widmen.

„Mach dir nichts aus der", sagte Bridgett und hakte sich bei Ginger unter. An ihrem verbrannten Arm. Aber sie zog ihn nicht weg. Ihr Pulli war dick genug, um die Narben zu verbergen. Und Bridgett fasste nicht allzu fest zu. „Komm hier rüber. Du erinnerst dich an meinen schicken Bräutigam, Eric?"

Er drehte sich um und wandte seinen Blick gerade lange genug vom Bildschirm ab, um „Schön, dich wiederzusehen" zu sagen.

„Du erinnerst dich an Edward und oh, schau, da drüben ist Tom Wells ..."

Ginger löste sich von Bridgett, als Tom durch eine Tür auf der anderen Seite des Raumes trat. Ein tiefes Beben begann sich in ihr auszubreiten. „H...hallo, alle miteinander." Sie bemühte sich um einen unverfänglichen, über die Männer hinwegstreichenden Blick, aber ihre Augen trafen sich mit Toms.

Er beobachtete sie mit diesen blauen Feuerbällen, die er statt Augen hatte. Ein Blick daraus, und sie fühlte sich umfangen, sehnte sich schmerzhaft danach, mit ihm zusammen zu sein.

Er machte ihr mehr Angst als die menschengemachten Flammen am anderen Ende des Zimmers. Diese Flammen verstand sie, ihnen konnte sie aus dem Weg gehen. Aber die Sorte Feuer, die Tom Wells in ihr entzündete, schien unmöglich zu meiden oder zu löschen.

„Also, das hier sind dann ... alle", sagte Bridgett. „Bediene dich am Büfett. Wein und Bier gibt es da drüben, und falls du keinen Alkohol trinkst, ist der Kühlschrank voll mit Wasser, Limo und Eistee. Wir hängen nur miteinander rum und reden über die Hochzeit. Kannst du fassen, dass ich heirate?" Bridgett drückte Gingers Arm, kichernd und übersprudelnd.

„Ich freue mich für dich." Ginger strich mit der Hand über ihren Pullover und zupfte an ihrem Ärmel, um sicherzugehen, dass ihre vernarbte Hand abgedeckt war. „Es ist aufregend. Der König und die Königin des Abschlussballs von der Rosebud High ... Alle haben damals schon gedacht, dass ihr mal heiraten würdet."

„Ich weiß, aber wie wahrscheinlich war es denn, dass das tatsächlich passieren würde? Nachdem wir acht Jahre nicht zusammen waren, hätte ich nie gedacht, dass ich ihn je wiedersehen, geschweige denn heiraten würde."

Bridgett beugte sich über den Sessel, in dem Eric saß, schlang die Arme um ihn und küsste ihn auf die Wange. „Aber, na ja, der Pfeil der Liebe trifft eben nie daneben, nicht wahr?"

Oh doch. Meilenweit daneben sogar.

„Also ..." Langsam in die Hände klatschend drehte Bridgett sich um. „Füll deinen Teller und komm zu uns Mädels aufs Sofa. Dann können wir uns über Frisuren unterhalten."

Ginger schaute sich nach dem Häuflein Brautjungfern um. Am Feuer. Ein klitzekleiner Panikanfall schnitt durch ihr ohnehin zerbrechliches Selbstbewusstsein.

„Zum Essen ist es auf den Stühlen am Tresen besser." Toms Kommentar bot ihr eine willkommene Ausrede und zog Bridgetts Aufmerksamkeit auf sich.

„Da hast du wohl recht, *Pastor* Tom." Bridgett zog die Nase kraus. „Na gut, Ginger, dann iss einen Happen, aber lass dich von diesem Schlingel nicht allzu lange aufhalten. Lindy und Kyle wollen mit dir über ihre Frisuren für morgen sprechen."

„Ich freue mich schon darauf", sagte Ginger und drehte sich mit einem halben Blick auf Tom zum Büffet um. Woher wusste er nur ...?

Sie bediente sich am Büffet und stellte den Teller auf den Tresen, zwei Stühle von Tom entfernt, der eine Flasche Root-Beer in den Händen hielt, auf der sich Kondenswasser gebildet hatte. „Sind da noch mehr von der Sorte?"

„Zu deinen Diensten." Er sprang auf, ging zur Bar und zog eine kalte Flasche aus dem Kühlschrank. Er drehte den Deckel ab und schob die Flasche schwungvoll zu ihr hinüber. „Geht aufs Haus."

Sie lachte und bedeckte mit ihrer glatten linken Hand den Mund.

„Wow, ich habe dir ein Lachen entlockt." Tom kam um den Tresen herum und setzte sich auf den Stuhl neben ihr. Die Ellbogen stützte er auf der Tischplatte ab.

„Tu nicht so überrascht."

„Aber ich bin überrascht. Ich wusste gar nicht, dass ich das kann."

„Sehr witzig." Sie hob die Flasche zum Mund und nahm einen großen Schluck. „Tut mir leid wegen neulich ..."

„Ich verstehe schon. Ich habe dich überrumpelt."

Darauf bedacht, dass ihr Pulloverärmel ihre Hand bedeckte, brach Ginger ein luftiges Hefebrötchen auseinander – die Sorte, die ihre Großmutter immer gebacken hatte. Sie steckte sich ein dampfend heißes Stück in den Mund.

„Was? Keine Butter?"

Sie schüttelte lächelnd den Kopf und entspannte sich ein bisschen. Ob sie es sich eingestehen wollte oder nicht, in Tom Wells Gegenwart fühlte sie sich wohl. Er brachte sie dazu, ein besserer Mensch sein zu wollen. „Meine Oma hat solche Brötchen für Festessen an Feiertagen und Geburtstagen gebacken, als ich klein war. Die waren so gut, die brauchten keine Butter. Wir haben sie einfach so oder mit Gelee aus schwarzen Himbeeren gegessen." Ihre Stimme wurde immer leiser.

Diese guten Zeiten hatten geendet, als Ginger dreizehn geworden war. Ein Jahr nach dem Feuer. Ein Aneurysma hatte Oma mit nur 60 Jahren das Leben genommen.

„Meine Oma hat Knödel gemacht." Tom schüttelte summend den Kopf. „Das Beste, was man sich in den Mund stecken konnte." Er linste zu ihr hinüber. „Aber bei uns ist das Gleiche passiert. Sie ist gestorben, und mit ihr die Tradition."

„Ich sage mir immer, ich lerne irgendwann mal, wie man das macht, aber ..."

„Dann kommt das Leben in die Quere."

Ginger legte ihr Brötchen hin und griff nach einer Serviette. „Danke dafür". Sie nickte Richtung Sofa und Kamin.

„Bridgett kann ein bisschen begriffsstutzig sein."

„Dann bist du anscheinend ... was ist das Gegenteil von begriffsstutzig?"

„Schlau, klug, intelligent, hübsch, sexy."

Ginger verschluckte sich vor Lachen und presste sich die Hand gegen die Lippen. Sie schaffte es, den letzten Bissen zu schlucken, und spülte ihn mit einem Schluck Root-Beer hinunter. „Da denkt aber einer ganz und gar nicht zu groß von sich selbst."

Er grinste. „Ich höre dich gerne lachen."

Ginger rutschte auf ihrem Barhocker herum, zupfte sich den Schal zurecht, kontrollierte, dass er an seinem Platz lag und ihren Makel bedeckte. Unter der Hitze seines Blicks fühlte sie sich bloßgelegt und durchsichtig, als könnte er Dinge sehen, die sie verstecken wollte.

„Sie haben über dich gesprochen." Tom wies mit seiner Flasche auf die Frauen auf dem Sofa. „Anscheinend hat Bridgett für das Wochenende einen weltberühmten Fotografen engagiert, und jetzt zählen alle darauf, dass du deine Wunder vollbringst."

„Frauen fühlen sich gerne schön. Besonders auf Fotos. Und ganz besonders auf Hochzeiten."

„Du sagst das, als seist du keine Frau."

Seine Worte und seine Stimmlage bestätigten ihre Vermutung. Er las sie, durchschaute sie. Ginger brach noch ein Stückchen von ihrem Brötchen ab. „Ich sage es, wie es ist. Interpretiere nicht mehr hinein als das. Frauen sind gerne schön, und Männer bevorzugen sie schön."

„Das stimmt vermutlich." Er drehte seine Flasche in den Fingern. „Aber es gibt zwei Arten von Schönheit."

„Nur zwei?" Sie lugte zu ihm hin und zwang sich auszuatmen. *Er will einfach nur nett sein, Ginger.*

„Touché." Sein leises Lachen weckte die vergessene Erinnerung daran, wie sie in der Bibliothek gesessen und sie versucht hatte, ihn dazu zu bewegen, mathematische Gleichungen zu lösen, anstatt Karikaturen von Mr. Bickle zu zeichnen. „Ich habe an innere Schönheit und äußere Schönheit gedacht."

„Und was ist mit allen Schichten und Lagen dazwischen?"

„Noch einmal touché." Er stieß mit seiner Flasche gegen ihre.

„Egal, ich habe jedenfalls ein großes Wochenende

vor mir, an dem ich mein Ding machen werde: Frauen schön machen."

„Macht dir das Spaß?"

„Ja, sehr." Sie nickte, und auf einmal kamen ihr Tränen. Sie versteckte sie, indem sie sich schnell das Gesicht mit der Serviette abtupfte. „Ruby-Jane sagt, das sei meine Superkraft."

„Es ist gut, wenn man etwas tut, das man gut kann und das man liebt."

„Das sehe ich auch so." Aber wie könnte sie die Wahrheit, die dahintersteckte, je in Worte fassen? Dass sie sich danach sehnte, das auch für sich zu tun. Wie sie Frauen mit glatter Haut beneidete, die im Sommer ärmellose Oberteile mit tiefen Ausschnitten trugen.

An ihren freien Tagen, wenn sie ihre Wohnung putzte, trug sie ein Tanktop und band ihr Haar zu einem Pferdeschwanz zusammen. Dann fühlte sie sich frei.

„Ich habe gedacht, du könntest vielleicht nächsten Sonntag in die Kirche kommen. Zu meinem Einstand."

„Kirche?" Sie schnitt ein Stück Roastbeef ab. Witzig, wie eine Unterhaltung mit ihm ihr Appetit machte. Aber Kirche? „Eher nicht."

„Bist du nicht eine Weile hingegangen? Als wir in der Highschool waren?"

„Bis meine Mutter auf einmal aufgehört hat, hinzugehen, und angefangen hat, sonntagmorgens zu arbeiten." Sie zuckte mit den Schultern. „Ich war mir eh nicht sicher, wie ich das Ganze fand."

Die Sache mit dem liebenden Gott hatte sie ihnen ja noch abgekauft. Ehrlich. Aber als sie versucht hatte, mit Ihm über die Nacht, in der sie in dem Wohnwagenbrand gefangen gewesen war, zu hadern, über den Schmerz und die Qualen der Verbrennungen zweiten und dritten Grades, hatte sie keine Spur von Liebe entdecken können.

Wenn Gott diese jungen Kerle im Alten Testament vor dem Feuer gerettet hatte, Daniels Freunde, warum hatte Er das dann nicht auch für sie getan? Hatte Er die mehr geliebt? Sie war zu dem Schluss gekommen, dass es wohl so sein musste.

„Warum bist du nicht alleine gegangen?" Während Tom die Frage stellte, kam es bei den Sofas zu einem Tumult.

Ein schrilles „Ich kann's nicht fassen, dass du hier bist!", gellte durch den Raum, ehe Ginger antworten konnte. Eine der Brautjungfern, Miranda, schoss von der Couch hoch und in die Arme eines Mannes, der in der Tür zum Salon stand.

„Ich habe dir doch gesagt, dass ich es schaffe, Schatz." Er wirbelte sie hoch, küsste sie, wollte sie.

Ginger wandte sich wieder ihrem Teller zu. Sie nahm jede Bewegung, jedes Gefühl des Paars an der Tür durch die hässliche Brille der Eifersucht wahr.

Das würde sie nie haben ... nie. Selbst wenn ein Mann sie je wollen würde, würde ein Blick, eine Berührung ihrer reliefartigen Haut genügen, und er würde sich wieder abwenden. Ihre Erfahrung war ihre Wahrheit.

„Du hast es geschafft, Cameron." Eric tauchte aus seiner Trance auf, in die der Sportkanal ihn versetzt hatte, und stand auf, um den Neuankömmling zu begrüßen.

„Cameron Bourcher", flüsterte Tom Ginger zu. „Ich habe ihn beim Junggesellenabschied kennengelernt. Er ist einer von der Wall Street, ist reich aufgewachsen und so gut wie mit Miranda verlobt. Das glaubt sie jedenfalls."

Ginger betrachtete flüchtig das schmusende Pärchen bei der Tür, das inzwischen vom Rest der Gäste umringt war. „Für mich sieht es aus, als könnte sie recht haben."

Cameron beugte sich hinunter und gab Miranda noch einen Kuss, hielt sie eng an sich gezogen, seinen Arm um ihre Taille. Ihre glatthäutige Taille.

„Jetzt sind wir alle da." Bridgett schlang strahlend ihre Arme um Eric. „Was für ein wunderbares Wochenende. Unsere Hochzeit, Liebling. So weit, so perfekt. Außer – oh." Bridgett drehte sich zur Bar um. Zu Ginger. „Ginger, es tut mir so leid. Jetzt haben wir keinen Platz mehr für dich. Cam wird sich das Zimmer mit Mandy teilen."

Alle starrten sie an. Selbst das Licht des Kristalllüsters schien heller zu leuchten und in Gingers Richtung zu scheinen, um ihre Scham noch mehr hervorzuheben.

„Oh, okay. Kein Problem." Eigentlich doch, ein großes Problem sogar. *Boden öffne dich, lass mich versinken.* Das bisschen Wohlbehagen, das sie sich gegönnt hatte, während sie mit Tom beisammengesessen hatte, verdunstete unter den heißen Blicken der schönen Menschen.

„Was? Nein." Tom glitt von seinem Barhocker. „Wirf sie nicht raus. Cameron kann bei mir und Eric unterkommen."

Cameron lachte. „Nimm's mir nicht krumm, Tom, aber ich bin nicht tausend Meilen geflogen, um bei dir und dem Bräutigam unterzukommen."

„Natürlich, natürlich", sagte Bridgett und stellte sich zwischen Tom und Cameron, wo sie mit beschwichtigenden Handbewegungen den aufkommenden Streit zu vermeiden suchte. „Es tut mir leid, ich hätte das besser planen müssen. Oh, Mist, wir haben gar nicht genug Zimmer im Haus. Lindy könnte das Zimmer mit dir teilen, aber die hat so einen leichten Schlaf, der habe ich ein Einzelzimmer versprochen. Der Rest der Familie kommt morgen früh an, die werden ihre Zimmer brauchen, um sich auszuruhen und sich fertigzumachen. Ich würde die Angestellten nur ungern bitten, die Zimmer nochmal neu zu machen ... Oh, ich weiß was. Ginger!" Die Augen vor Begeisterung über ihre Lösung weit aufgerissen, kam Bridgett zu ihr herüber. „Du kannst heute im Siedlerhaus schlafen." Zufrieden mit ihrer schnellen Lösung schaute die Braut in die Runde.

„Das Siedlerhaus?", fragte Tom. „Das am anderen Ende eures Geländes? Das ist über einen Kilometer weit weg."

Ginger packte Tom am Arm. Was war er, ihr Anwalt? Sie brauchte seine Verteidigung nicht. „Ist schon okay, Tom. Mach die Situation nicht dramatischer, als sie ist."

„Danke, Ginger. Ja, Tom, das ist weit weg, aber es ist sehr hübsch dort. Dad hat es renoviert. Ginger, du wirst es dort lieben. Es liegt direkt am Waldrand."

„Gibt es überhaupt eine Straße zu diesem Siedlerhaus?" Tom beharrte darauf, sie zu beschützen. „Als ich zuletzt hier war, war die alte Straße nicht passierbar. Man musste eine Wiese überqueren, um hinzukommen."

„Ja, Tom", sagte Bridgett seufzend. „Es gibt eine Straße. Naja, eher so eine Art Pfad."

„Ist es sicher dort?"

„Natürlich." Bridgett lachte, aber nicht auf die lustige Art. Eher bestürzt.

„Schau mal", sagte er, trat vor und sprach die ganze Feiergesellschaft an, als handele es sich um eine Jury. *Halt bitte den Mund, Tom.* Aber Ginger konnte die Worte nicht sagen. Zu reden würde dieser peinlichen Situation nur noch mehr Aufmerksamkeit verschaffen. „Lasst Ginger in meinem Zimmer schlafen. Ich gehe da raus."

„Ich brauche dich aber hier, Mann", sagte Eric, der Bridgett den Arm um die Schultern legte und sie nah bei sich hielt. „Du bist mein Trauzeuge."

Genug. Ginger hüpfte von ihrem Barhocker herunter. „Danke für das Abendessen, Bridgett." Sie schauspielerte Jubel und Heiterkeit, so gut sie konnte. „Ich habe meine Sachen noch nicht ausgeladen, also kann ich leicht umziehen. Zeig mir den Weg zum Siedlerhaus."

„Perfekt." Bridgett leitete Ginger durch die Menge der Partygäste, vorbei an Cameron Bourcher, hinaus

aus dem Salon und den Flur entlang. Ihre Schritte vermischten sich mit den *Oohs und Aahs* über Cameron, der offenbar mit seinem Privatjet angereist war.

„Wirklich, Ginger, das alte Siedlerhaus ist total schön." Bridgett führte sie hinaus auf die Veranda, hinaus in die regengetränkte Nacht. Bridgetts Wegbeschreibung stand wie ein Nebelhauch in der frostkalten Luft.

„Fahr bis zum Ende dieser Auffahrt!" Sie wedelte vage mit der Hand in der Luft herum. „Dann bieg links ab, als wolltest du zurück zur Hauptstraße. Etwa zwanzig Meter weiter ..." Sie beugte sich zu Eric, der gerade zu ihnen aufgeschlossen hatte. „Es sind doch etwa zwanzig Meter, das würdest du doch auch sagen, oder?"

„Würde ich so grob schätzen. Halt einfach nach dem Schild Ausschau."

„Genau, das Schild. Das ist auf der linken Seite. Da steht ‚Siedlerhaus' drauf. Das kannst du gar nicht verfehlen. Da biegst du ab und fährst immer geradeaus, bis du vor dem alten Häuschen stehst. Ein einstöckiges Bauernhaus."

„Brauche ich einen Schlüssel oder so was?"

„Nein, Dad schließt da nie ab."

„Woher weißt du dann, dass es sicher ist?" Toms Stimme donnerte über Gingers linke Schulter.

„Weil es einen Kilometer weit weg ist ... weil die komplette Plantage umzäunt ist." Bridgett winkte ab. „Hör auf, den Spielverderber zu machen. Das Siedlerhaus ist sicher, Ginger."

„Die Wälder sind aber nicht umzäunt." Tom ging bis zum Rand der Veranda und starrte in die Nacht hinaus.

„Und was ist da draußen schon?", fragte Bridgett. „Rotwild und Kleinvieh."

„Vielleicht ein oder zwei Bären."

„Das ist jetzt nicht dein Ernst."

Weil sie keine Lust mehr hatte, das Objekt ihrer Debatte zu sein, trat Ginger vor und zog die Schlüssel aus ihrer Jeanstasche. „Am Schild links?"

„Das kannst du gar nicht verfehlen." Bridgett lächelte. „Bis morgen früh dann. Komm rechtzeitig zum Frühstück. Oh, Ginger, morgen ist mein großer Tag."

„Ich werde um acht Uhr hier sein, um aufzubauen." Ginger stieg eine Stufe hinunter. „Du wirst wunderschön aussehen." Wenn sie schon in die äußeren Gefilde der Manyard-Plantage verbannt wurde, würde sie das würdevoll tun. „Ich werde morgen alles geben."

„Ich weiß, dass du das tun wirst. Ich habe dir den Look ja gezeigt, den ich will?! Den auf Tracies letztem Album. Da hast du sie doch gestylt, oder?"

„Genau. Und ich bin voll und ganz darauf eingestellt, dich noch schöner zu machen als Tracie." *Und jetzt lass uns diesen Schlamassel hier vergessen und weitermachen.* Den Schlüssel fest umklammert, stieg Ginger weiter durch den eiskalten Regen die Treppe hinunter.

Wenn sie nur dafür bekannt war, andere schön zu machen ... wenn es das war, was ihr Leben ausmachte ... reichte das denn nicht?

Ginger glitt hinter das Lenkrad ihres Käfers, schlug die Tür zu und kämpfte gegen eine überraschende Tränenflut an. Nein, das reichte nicht. Das Herz will, was es will. Und Gingers Herz wollte Liebe und Freiheit von ihren Narben.

Aber fürs Erste war sie müde, und über das Ganze zu grübeln, würde sie nur traurig machen, und traurig wollte sie nicht sein. Das raubte zu viel Energie.

Ginger startete den Motor und legte den ersten Gang ein. Sie befahl ihrem wild klopfenden Herzen, es solle sich beruhigen. Sie hatte Bridgett versprochen, ihr Bestes zu geben. Und müde und traurig zu sein, war nicht Teil ihrer Strategie.

Beim Blick in den Rückspiegel sah sie, dass die restlichen Gäste ebenfalls auf die Veranda herausgekommen waren. Lachend drängten sie sich zusammen, selbstbewusst und schön.

Langsam ließ sie die Kupplung kommen und kurbelte am Lenkrad, um einen sehr großen Truck mit schlammverspritzten Rädern zu umfahren, als die Beifahrertür aufgerissen wurde und ein nasser, zitternder Tom Wells hereinplumpste.

„Entschuldigung? Was machst du hier?"

„Ich komme mit." Er streckte die Hand nach den Reglern auf dem Armaturenbrett aus. „Hast du in der alten Schüssel überhaupt eine Heizung?"

„Tom, nein, du brauchst nicht mitzukommen." Ginger stellte die Heizung an, indem sie den silbernen Regler nach rechts schob. *Hörst du das, Herz? Du brauchst ihn nicht.*

„Es regnet, es ist dunkel und kalt, und der Weg ist auch irgendwie seltsam. Hör mal, ich würde wollen, dass jemand mit mir kommt. Außerdem habe ich gehört, wie Eric gefragt hat, ob der Strom auch eingeschaltet ist, und Bridgett wusste das nicht. An der Seite des Hauses ist ein Sicherungskasten."

„Deshalb brauchst du trotzdem nicht mitzukommen. Ich finde mich schon zurecht." Lebte sie ihr Leben nicht grundsätzlich so? Auf sich selbst gestellt, sich irgendwie zurechtfindend?

Aufgebracht schaute er sie im gedämpften Licht des Armaturenbretts an. Der Blickwechsel machte etwas mit ihr. Etwas Angsteinflößendes, Wildes. Beispielsweise weckte er in ihr den Wunsch, ihn zu berühren.

Aber sie hatte noch nie einen Mann berührt – außer, um ihm die Haare zu waschen.

„Echt", sagte sie mit einem gezwungenen, breiten Lächeln. „Ich komme zurecht." Ginger klopfte ihm aufs Knie, einmal, nur ganz leicht, aber sie spürte seine prallen Muskeln unter ihren Fingerspitzen.

„Tja, Pech." Er bekam ihre Hand zu fassen und drückte sie sacht. „Ich komme mit. Also, lass uns losfahren."

Kapitel 5

Der Nachtregen ergoss sich aus himmlischen Kübeln. Tom saß schweigend neben Ginger und haderte mit sich, warum er sie dazu gezwungen hatte, seine Hilfe anzunehmen.

Damit er sich für die Vergangenheit entschuldigen konnte? Damit er mit ihr zusammen sein konnte? Oder beides?

Im schwankenden Scheinwerferlicht des Käfers konnte man auf der zugewachsenen, löchrigen Straße kaum sehen, wohin man fuhr. Mann, war das dunkel und nass draußen. Allein deshalb war er froh, dass er sich aufgedrängt hatte.

„Vorsichtig, da vorne ist eine große ..." Tom wappnete sich, dann knallte die Schnauze des Käfers in eine vom Regen überschwemmte Furche. „... Furche." Hatte Bridgett wirklich vorgehabt, Ginger alleine in diese Sintflut hinauszuschicken?

„'tschuldigung." Sie riss das Lenkrad nach rechts, dann nach links, schaltete einen Gang zurück und versuchte, den Wagen um die Schlaglöcher herumzumanövrieren.

„Das ist doch verrückt hier. Wir sind einen Kilometer von einem dreistöckigen Plantagenhaus aus Marmor und Kristall entfernt. Hättest du nicht in einem der vielen Gesellschaftszimmer schlafen können?"

„Lass gut sein, Tom, bitte."

Schön. Er merkte, dass sein Redefluss sie nur noch mehr verletzte. Aber es ärgerte ihn einfach unglaublich, dass Bridgett Ginger einfach so nebenbei aus dem Haus befördert hatte.

„Mit mörderischen Donnersöhnen rollte die Flut ...", sagte er.

Sie trat auf die Kupplung, schaltete, riss am Lenkrad und fragte mit angespannter Stimme: „Du hast also Tennyson gelesen?"

„Nur diese eine Zeile. Er behauptet, er hätte sie geschrieben, als er acht Jahre alt war."

„Und das glaubst du ihm nicht?"

„Werde ich wohl müssen." Der VW wurde langsamer, weil die Räder im Schlamm durchdrehten, schoss dann auf einmal vorwärts und fuhr weiter die sogenannte Straße hinunter. „Ich kann ihn kaum danach fragen, oder?"

Sie lachte leise. „Nein, das kannst du nicht. Liest du viel?"

„Wie es die Zeit erlaubt. Ein bisschen Lyrik. Romane. Theologiebücher. Biografien."

„Ich liebe Bücher. Romane, Lyrik, Biografien. Aber keine Theologie."

„Ich habe dich als das Mathe-Genie in Erinnerung." Ihm gefiel die angenehme Wende in ihrer Unterhaltung.

„Ich mag Mathe, aber ich habe viel gelesen, nachdem ich ..." Sie gerieten in eine weitere tiefe Rille. Schlammiges Wasser spritzte vor den Scheinwerfern auf. „Das ist doch echtes Niemandsland hier."

„Bridgett war sicherlich nicht klar ..."

„Sag bloß kein Wort zu ihr." Ginger ließ das Lenkrad lange genug los, um ihn mit erhobenem Zeigefinger zu ermahnen. „Schlimm genug, dass sie vor der versammelten Mannschaft verkündet hat, dass für mich kein Platz mehr ist. Wenn du dich meinetwegen bei ihr beschwerst, ist das noch mal was ganz anderes."

„Sie sollte es wissen", sagte Tom, dessen Worte im Rhythmus des schwankenden, hüpfenden Autos erklangen – das zunehmend den Kampf „Acker gegen Kleinwagen" verlor.

„Dann halt dich an dich selbst. Lass meinen Namen da raus. Ich meine das ernst. Ich bin schnell genug wieder weg hier."

Er warf von der Seite einen Blick auf sie. Die Lichter des Armaturenbretts betonten ihre weichen Gesichtszüge und ließen ihre schwarzen Augen funkeln.

„Darf ich dir wenigstens die Autowäsche bezahlen?"

Ginger lachte. Der Motor stöhnte, als sie das Auto durch eine tiefe Pfütze lenkte, und ging beinahe aus. „Wo ist denn jetzt das Siedlerhaus, von dem sie so geschwärmt hat?"

„Fahr weiter." Tom blinzelte in den Regen hinaus. „Es ist wirklich finster da draußen."

Die nächste Spurrinne kam, und der Käfermotor jaulte, stotterte, klopfte. Ginger tätschelte das Armaturenbrett. „Wir sind fast da, Matilda. Komm schon, Süße."

„Ja, komm schon, Matilda." Tom strich über das verchromte Armaturenbrett. „Gutes Mädchen, du schaffst das."

Der VW platschte durch eine riesige Wasserlache und fand schließlich Halt auf festem Boden. Ginger starrte Tom mit offenem Mund an und schaltete höher. „Scheinbar erliegt sogar Matilda deinem Charme."

„*Sogar* Matilda? Ich wüsste nicht, dass mein sogenannter Charme bei der Damenwelt überhaupt wirkt."

„Natürlich. Warst du nicht einer der Typen, der jeden Samstagabend eine Verabredung hatte?"

„Gibt es irgendetwas, an das sich dein Elefantenhirn nicht erinnert?"

„Ja, zum Beispiel, warum ich für diese Hochzeit zugesagt habe." Ginger ächzte, als der VW im nächsten Schlagloch landete und so abrupt zum Halten kam, dass sie nach vorne geschleudert wurden.

Sie kuppelte und schaltete, drängte den Wagen vorwärts. Doch der Käfer stöhnte und ratterte, und seine Räder drehten durch.

„Setz zurück", sagte Tom. „Mal sehen, ob wir so hier rauskommen." Aber nichts ging mehr. Die Räder drehten weiter durch, rutschten, der Motor jammerte noch mehr. „Schlag links ein und gib vorsichtig Gas."

Aber der Boden war zu nass, und der Motor brachte nicht genug PS zusammen, um das kleine Auto aus dem Morast zu holen. „Ginger?"

„Was?" Schwer seufzend starrte sie geradeaus.

„Wir stecken fest."

„Ich bin *so* froh, dass du mitgekommen bist, Tom. Andernfalls hätte ich wahrscheinlich die ganze Nacht hier gesessen und mich gefragt, was eigentlich los ist."

Er mochte es, mit ihr auf Augenhöhe zu sein, mochte es, wenn sie ihre Schüchternheit und ihre Zurückhaltung ablegte. „Schön, ich bin hier also der Blitzmerker vom Dienst. So läuft das nun mal bei mir." Tom schaute durch die Windschutzscheibe, so weit die Scheinwerfer die Gegend erhellten. Sollte da irgendwo ein Haus am Horizont sein, konnte er es bei all dem Regen jedenfalls nicht sehen. Er rubbelte sich die Hände, um sie zu wärmen, und drehte sich nach hinten um. War das große Haus noch in Sichtweite? Es könnte leichter sein, umzukehren, als weiterzufahren. Aber Fehlanzeige. „Was hast du jetzt vor?"

„Können wir jemanden anrufen? Wem gehört der Monstertruck? Kann der uns rausziehen?"

„Der Truck gehört Scott Ellis. Seine Nummer habe ich nicht, aber ich kann es bei Eric oder Edward versuchen, dann sollen die ihn rausschicken." Tom pulte sein Handy aus der Hosentasche und versuchte es erst bei Edward, dann bei Eric. Keiner der beiden ging dran. „Ich schätze, wir sind auf uns gestellt."

„Lass es mich bei Bridgett versuchen." Ginger griff hinter ihren Sitz, zog ihre Tasche hervor und kramte ihr Telefon raus. Ihr Versuch brachte das gleiche Ergebnis wie Toms – keine Antwort.

Da gab es wohl nur noch eins. Er langte nach dem Türgriff. „Ich werde schieben. Bleib im ersten Gang. Wenn ich ‚los' sage, lass die Kupplung langsam kommen – und damit meine ich wirklich langsam! –, und gib ein kleines bisschen Gas." Tom öffnete die Tür und ließ Kälte und Nässe herein. „Schlag hart links ein und versuch, das festeste Stück Boden zu erreichen, das du finden kannst."

„Was glaubst du, was ich bisher getan habe?" Sie zeigte auf die Tür. „Du willst ernsthaft anschieben?"

„Es sei denn, du würdest das gerne tun."

Sie zögerte und ließ dann die Gurtschnalle aufschnappen. „Ja, klar sollte ich schieben. Es ist *mein* Auto."

Tom erwischte sie am Arm, ehe sie die Tür öffnen konnte. „Das war ein Spaß! Willst du jetzt auch noch meine Männlichkeit infrage stellen? Bitte. Wenn die Jungs hören, dass du geschoben hast, bin ich völlig am Ende. Lass mich das tun. Du bist die Fahrerin in diesem Team." Unter dem Wollstrick ihres Pullis konnte er die raue, geriffelte Haut spüren. Er hatte sie immer fragen wollen, wie das damals eigentlich passiert war. Er hatte nur hier und da Gesprächsfetzen über einen Wohnwagenbrand gehört. Wie schmerzhaft das gewesen sein musste. Und dann mit dem unvergänglichen Andenken daran zu leben …

„Wir sind kein Team." Sie entzog ihren Arm seiner Berührung.

„Okay … na, im Moment sind wir wohl eins. Es sei denn, du willst die ganze Nacht hier sitzen." Er stupste ihre Schulter an, die sich unter ihrem Pullover ebenso rau und uneben anfühlte. „Komm schon, wenn ich uns hier nicht rausschieben kann, gebe ich meine männliche Männlichkeit und meinen Marine-Helden-Status ab."

Sie wich zurück. „Du warst Marinesoldat?"

„Ja, und das bin ich wohl auch noch. *Hurra!* Nur nicht mehr im aktiven Dienst. Bist du so weit?" Kaum hatte Tom die Tür geöffnet, versank sein Fuß in einer Pfütze eiskalten Wassers. Sein Schuh füllte sich mit Schlick. Entzückend. Er stapfte zum Heck. Regen durchtränkte sein Haar und seine Jacke, ergoss sich in seinen Kragen und kroch ihm Hals und Rücken hinunter.

Hinter dem alten Käfer presste Tom sein Hinterteil gegen das Auto, hakte seine Hände am Kotflügel unter und versuchte, einen guten Stand zu finden. Er hätte seine ruinierten Nikes darauf verwettet, dass die Temperatur in der letzten Viertelstunde um ein oder zwei feuchtkalte Grade gefallen war.

„Ginger?", rief er. Als er nach ihr schaute, lief ihm Regenwasser in die Augen und in die Kuhlen seines Gesichts. „Bereit?"

Der Motor sprang summend an. Tom brachte sich in Startposition. „Okay, los!"

Seine Füße im Matsch eingegraben, schob er, während Ginger sachte Gas gab.

Aber ihre vereinten Anstrengungen brachten nur durchdrehende Räder und spritzenden Schlamm zustande. Tom zerrte seine Füße aus dem saugenden Schlick, stapfte zurück zu Gingers Fenster und klopfte ans Glas. Sie öffnete es einen Spalt.

„Hey, Tom. Ich glaube, wir stecken immer noch fest."

Er lachte. „Okay, jetzt bist du aber der Blitzmerker. Ich werde das Auto ein bisschen aufschaukeln. Du hast beim Büffet nicht besonders viel gegessen, oder?"

„Was bist du nur für ein lustiger Kerl." Sie schloss das Fenster und schaute mit einem leisen Lächeln auf den Lippen nach vorne.

So hart und abwehrbereit, wie sie schien, war sie gar nicht. Tom ging zurück hinter den VW. Der Regen war immer noch dicht und schwer. Wenn das hier nötig war, um sie kennenzulernen, um die Barrikaden zu durchbrechen, würde er es wieder tun. Immer wieder.

„Okay, Ginger, gib dem Käferchen mal Zucker!"

Der Motor gurrte, als sie langsam die Kupplung kommen ließ. Tom schaukelte den Wagen an, gab sich alle Mühe, ihn aus der Klemme zu befreien, und fügte seine Muskelkraft den Pferdestärken des deutschen Autochens hinzu.

Komm schon ... In Afghanistan war er mit Schlimmerem fertiggeworden. *Herr, kannst du uns hier herausholen?*

Mit einem Ruck kam das Auto frei. Tom, zitternd und nass bis auf die Knochen, landete im Schlamm. Die roten Scheinwerfer leuchteten in zwei Metern Entfernung. Ginger hupte zur Feier des Tages.

Danke, Herr.

Tom stemmte sich aus dem Matsch hoch und taumelte zur Beifahrertür. Doch als er sich setzen wollte, streckte Ginger eine warnende Hand aus.

„Ich habe den Wagen gerade erst aufarbeiten lassen."

„W...was?"

„Und das hier sind Echtledersitze."

„Du machst Witze." Inzwischen rann ihm der Regen übers Gesicht, in die Ohren, und sammelte sich im Nacken.

„Klar mache ich Witze. Nun steig schon ein. Du lässt die ganze Kälte herein." Ihr Lachen wärmte seine Seele.

„Du bist sooo witzig." Mit einem saftigen Schmatzgeräusch ließ er sich in den Sitz fallen. „Wo bleibt der ehrenhafte Heldenempfang, wenn man ihn sich verdient hat?"

„Du hast recht. Danke sehr. Der Hengst von Rosebud hat mich gerettet." Sie schob den Heizungsregler auf die höchste Stufe und ließ den Käfer vorwärtsrollen.

„Junge, Junge, du erinnerst dich echt an alles. Die Hengste von Rosebud ... An den Spitznamen habe ich schon lange nicht mehr gedacht." Er fuhr sich mit den Händen durch sein aufgeweichtes Haar. Dann wusste er nicht, wo er die Hände lassen sollte. „Tut mir leid mit der Sauerei hier."

„Wenn man kein eigenes Leben hat, achtet man genau auf das der anderen." Sie gluckste leise. „Ich sehe Eric, Edward, Kirk Vaughn und dich immer noch vor mir, wie ihr an Football-Freitagen durch die Schulflure stolziert, immer schön nebeneinander, mit Brustpolstern und allem, und irgendein Lied über die *Hengste von Rosebud* rappt."

Tom lachte. „Ja ... ‚Wir sind die Hengste von Rosebud High ... Zittert vor dem Namen, denn der lässt euch ahnen, wie wir drauf sind ... Passt nur auf, sonst vergeht euch das Lachen, wir werden euch plattmachen ...'" Er trommelte den Rhythmus auf dem Armaturenbrett. „Ich vermisse den alten Kirk." Kirk war professioneller Footballspieler geworden, aber beim Absturz eines kleinen Flugzeugs gestorben, als er außerhalb der Saison auf einem Missionseinsatz gewesen war. Bei seiner Beerdigung hatte sich in Toms Herzen zum ersten Mal der Gedanke an den vollzeitlichen Dienst geregt. Etwas, von dem er sich geschworen hatte, dass er es nie tun würde. Er hatte seinen Vater beobachtet, und von dessen Leben wollte er sich nichts abschauen. „So ein sinnloser Tod."

„Ich kann immer noch Erics Stimme hören, wie er mich angerufen hat, um mir davon zu erzählen ... ich konnte es einfach nicht glauben." Tom sah zu ihr hinüber. „Aber Kirk ist gestorben, als er gerade dabei war, etwas zu tun, an das er wirklich glaubte, das ihm wirklich wichtig war. Bei seiner Beerdigung stand ich ganz hinten im Brotherhood-Community-Center – ich glaube, da waren ungefähr tausend Leute – und heulte wie ein Baby. Der Tag hat mich verändert."

„Inwiefern hat der Tag dich denn verändert?" Die Schnauze des VWs senkte sich wieder. Ginger trieb das Auto mit etwas mehr Gas an und versuchte, schneller durch die Spurrille zu kommen.

„Ich wusste es einfach. Keine Spielchen mehr mit Gott. Ich musste einfach Ernst machen."

„Ernst machen mit Gott? Hast du das nicht schon immer getan? Der Pastorensohn?"

„Ich war das genaue Gegenteil." Der Wagen erwischte eine weitere Wasserlache und brach seitwärts aus, bevor er sich nach links neigte, wo er noch eine Spurrille fand und versank. Der Motor gurgelte und starb schließlich mit einem müden Seufzer.

„Nein, nein, nein." Ginger wiegte sich in ihrem Sitz hin und her und versuchte, den Motor wieder anzulassen. Aber Regen, Rillen und Schlamm hatten gewonnen. „Matilda, wir sind doch beinahe da." Sie zeigte auf ein kleines Licht am fernen Horizont, bevor sie sich an Tom wandte. „Versuch doch noch mal, zu schieben."

„Akzeptiere es einfach. Elemente: eins, VW Käfer samt Menschen: null." Tom beugte sich aus seiner Tür und schaute unter das Auto. „Das hintere Ende ist eingesunken." Er tauchte wieder auf. „Wir werden zu Fuß gehen müssen."

„Zu Fuß gehen? Bei dem Wetter?" Ginger lehnte sich über das Lenkrad und linste in den Regen hinaus. „Vielleicht können wir warten, bis es vorbei ist."

Als ob die Himmel es gehört hätten, grollte es in den Wolken, ein Blitz flackerte auf, und plötzlich fiel der Regen doppelt so stark. Das Auto sank ein wenig tiefer ein.

Tom bot ihr seine Hand an. „Ich würde sagen, wir rennen los. Bist du dabei? Hast du eine Taschenlampe?"

„Liebes Tagebuch! Die Hochzeit von Bridgett Maynard war ein Riesenspaß. Ich durfte durch Regen und Matsch rennen." Ginger öffnete das Handschuhfach und holte eine Taschenlampe heraus. Dann zog sie den Schlüssel aus dem Schloss und griff nach Handtasche und Reisetasche auf der Rückbank. „Ich kann's echt nicht fassen."

„In Afghanistan war ich mal in so einer Nacht auf Patrouille."

„In einem Käfer?" Ginger schaltete die Taschenlampe ein, warf ihre Tür auf und stieg aus. „Oh, wow, ist das kalt. Und schlammig. Igitt, ich sinke ein."

„Nein, in einem Spezialfahrzeug. Halt dich fest." Er stapfte um das Auto herum zu ihr, und ohne zu zögern oder abzuwarten, ob sie das wollte, schob er seine Hand in ihre und zog sie an dem Auto vorbei auf ein Stück festen Boden.

„Besser." Sie atmete aus, sah zu ihm auf und beleuchtete ihre Gesichter mit der Taschenlampe. „Danke, dass du mitgekommen bist."

Er rollte die Finger zu einer Faust zusammen und widerstand dem Drang, ihr den Regen von der Wange zu wischen. „Das hätte ich um keinen Preis verpassen wollen." Es war zehnmal besser, als mit einer Horde Jungs herumzusitzen und sich zu fragen, ob es ihr auch gut ginge.

„Tja ..." Sie wandte sich dem kleinen Licht zu, das durch den Regen leuchtete. „Ich würde sagen, den Letzten beißen die Hunde." Mit einem Kriegsschrei sprintete Ginger los. Der Strahl ihrer Taschenlampe tanzte in der Finsternis.

„Was? Warte ..." Verflixt, das Mädel war unberechenbar. Mit ein paar langen Schritten holte er zu ihr auf und wollte sie gerade in die Arme schließen, als Ginger mit dem Gesicht zuerst in einem Schlammloch verschwand. Die Taschenlampe ging mit ihrer Hand unter, während ihre Handtasche und die Reisetasche neben ihr schwammen wie überflüssige Rettungsringe.

„Ginger?" Das Lachen unterdrückend bückte er sich zu ihr hinunter. Es war wirklich nicht lustig. Nein ... es war wahnsinnig komisch. „Alles klar bei dir?" Er schlang sich die Riemen ihrer Taschen über die Schulter. Was machten schon ein paar Handvoll Matsch mehr auf seinem Hemd? „Hier, lass mich dir helfen." Er bot ihr seine Hand an.

„Matsch. Ich hasse Matsch." Ginger stemmte sich auf die Füße, brachte die Taschenlampe wieder zum Vorschein und machte ein Geräusch, das halb nach Lachen, halb nach Weinen klang. Sie drohte dem Sturm mit der Faust. „Mich kriegst du nicht unter."

„Komm schon, Scarlett O'Hara, lass uns zum Haus gehen. Hinter warmen, trockenen Mauern lässt es sich besser mit dem Sturm streiten." Er nahm ihre linke Hand und ging los. Aber nach nur einem Dutzend Schritten fiel Ginger schon wieder hin.

„Das war's. Sorry, Ginger, aber ..." Mit einer schnellen Bewegung schwang Tom ihre Reisetasche beiseite, bückte sich und warf sich Ginger über die Schulter.

„Hey, halt, warte mal, was machst du da?" Sie trommelte mit ihren Fäusten gegen seinen Rücken und strampelte.

„Beruhige dich." Er ging schneller. Seine Füße pflügten durch Wasser und zähen, saugenden Schlamm. „Ich will am Haus ankommen, ohne dass du alle paar Meter in den Matsch fällst. Kannst du mir vielleicht mal die Taschenlampe geben?"

Sie wog nicht viel, war eine leichte Last. Sie zu schultern machte ihm nichts aus ... und würde ihm auch den Rest seines Lebens nichts ausmachen. Aber die Geschichte ... Nicht zwischen ihnen beiden, sondern die zwischen ihren Eltern. Wusste sie überhaupt davon?

„Bloß nicht. Ich gebe dir die Lampe, und du lässt mich hier stehen, wetten?"

Tom joggte weiter und beschleunigte. „Ich habe dich gerade hochgehoben. Glaubst du ernsthaft, ich würde dich hier draußen alleine lassen?"

„Na, du hast ja zumindest schon mal ein Mädchen sitzengelassen, ohne auch nur ‚Auf Wiedersehen' oder ‚Du-kannst-mich-mal' zu sagen. Nein, im Ernst, lass mich runter." Sie strampelte, drückte sich von seinen Schultern ab und versuchte, sich zu befreien. „Ich brauche nicht gerettet zu werden."

„Ach, echt?" *Ohne auch nur ‚Auf Wiedersehen' oder ‚Du-kannst-mich-mal' zu sagen?* Also erinnerte sie sich doch an den Abend, an dem sie zu Pizza und Kino verabredet gewesen waren. Tom hatte sie an jenem Abend anrufen wollen, aber er hatte die Zeit damit zugebracht, sich mit seinem Vater zu streiten und sich zu weigern, seine Sachen zu packen, bis seine kleine Schwester unter hysterischen Tränen aus ihrem Zimmer gerannt kam. *Hört auf! Hört auf zu streiten!*

„Tom, lass ... mich ... runter."

„Ich hatte den Eindruck, du würdest den Kampf gegen den Schlamm verlieren." Sie wehrte sich dagegen, aber er hielt sie fest. „Wenn du dich weiter so windest, lasse ich dich fallen."

„Gut, mach schon. Besser, als wie ein Sack Mehl herumgeschleppt zu werden."

Er hätte es sich besser überlegen sollen, bevor er sie losließ, aber sie bestand darauf. Also ... ließ er sie los. Ginger sauste zu Boden. Sie plumpste in eine modderige Pfütze und rang um ihr Gleichgewicht, während Tom sich weiter durch Regen und Schlick pflügte.

„Hey!" Ihr Ruf drang durch die Regentropfen. „Was hast du denn jetzt vor?" Er drehte sich um und ging rückwärts. Außer dem weißen Leuchten ihrer Taschenlampe sah er nichts. „Du hast ‚Lass mich runter!' gesagt."

„Und du hast mir geglaubt?" Ihre spritzenden Schritte, ihr Gejammer und das weiße tanzende Licht kam auf ihn zu, bis sie endlich aufgeschlossen hatte und ihm einen Klaps auf den Hinterkopf gab.

Er täuschte lachend einen Schmerzensschrei vor, fasste sie um die Taille und wirbelte sie herum. „Meine Mama hat mir beigebracht, die Wünsche einer Frau zu respektieren."

„Glaubst du vielleicht, sie hat damit gemeint, dass du eine Frau deswegen auf dem kalten, matschigen Boden abladen sollst?"

„Ja, wenn sie danach verlangt, durchaus." Langsam stellte er sie ab. Ihre schlanke Gestalt lehnte zitternd und durchweicht an ihm. Ihr Atem mischte sich mit seinem und ihre Herzen schlugen im Takt. Und obwohl das Licht der Taschenlampe in eine andere Richtung leuchtete, konnte er jeden Zentimeter ihres Gesichts erkennen. „Ginger ..."

„Tom, ich ... ich ..." Sanft löste sie sich aus seiner Umarmung und aus dem, was er ihr da gerade gestehen wollte. „Ich erfriere gleich. Wir sollten besser ins Haus gehen." Ginger richtete den Strahl der Taschenlampe geradeaus auf das alte Siedlerhaus.

„Noch etwa dreißig Meter." Tom nahm ihre Hand und die Taschenlampe, scherte sich nicht darum, dass sie protestierte, und führte sie um Rinnen und Pfützen herum, indem er voranging.

Das, was vor einer Viertelstunde noch ein gelber Punkt gewesen war, war jetzt ein ordentliches Verandalicht. Tom, dem langsam die Kälte in die Glieder kroch, sprang Ginger hinter sich herziehend die Stufen hinauf.

Sie rüttelte am Türgriff. „Abgeschlossen", sagte sie zitternd. „Sie hat mich zu einem abgeschlossenen Haus geschickt! Wie war das noch von wegen: ‚Dad schließt da nie ab'?"

„Warte mal." Tom versuchte es bei den Fenstern neben der Tür. Auch verschlossen.

„Also, wann warst du Marinesoldat?", fragte Ginger, die ihm gefolgt war.

„Zwischen den Semestern." Alle vorderen Fenster waren verriegelt. „Bleib du hier, lass mich mich mal hier umschauen."

„Zwischen den Semestern? Also – in den Ferien? Da bist du nach Paris Island runtergerannt und hast gesagt: ‚Schönen guten Tag, hier bin ich'?"

Er lächelte sie an. „So ungefähr." Tom übersprang das Verandageländer und joggte zur Hinterseite des Hauses.

Gingers wackelnden Zeigefinger ignorierte er. Bridgett würde von der Angelegenheit hier hören. Es war eine Sache, vor der eigenen Hochzeit etwas zerstreut zu sein, aber eine ganz andere, das Wohlbefinden eines Gastes so zu vernachlässigen.

Auf der hinteren Veranda versuchte Tom sein Glück am Knauf der Fenstertüren und merkte dankbar, dass sie nachgaben.

Im Hineingehen fand er einen Lichtschalter, mit dem er eine Reihe von über dem offenen Kamin eingelassenen Leuchten anschaltete. Hervorragend. Der Strom war da. Er wollte weiter hineingehen, aber der Schlamm an seinen Füßen hielt ihn davon ab. Mit einem raschen Blick nahm er seine Umgebung in Augenschein. Mr. Maynards Arbeit war offensichtlich. Er streifte sich die Schuhe von den Füßen. Er konnte ja kaum den ganzen Matsch auf dem Parkett verteilen.

Während er die großzügigen Räumlichkeiten mit den gewölbten Stuckdecken durchquerte, schaltete er die Lampen auf den Beistelltischen an.

Dann öffnete er die Haustür und trat beiseite, damit Ginger hereinkommen konnte. Sie ließ die Taschen von ihrer Schulter auf den Boden gleiten. „Bitte tritt ein in dein bescheidenes Domizil."

„Also dann ist der Strom anscheinend an?" Sie blieb in der Tür stehen, während sie sich umschaute, ein durchnässtes, dreckiges Häufchen. „Wow. *Das* hier ist das alte Siedlerhaus?"

„Bedenke, wer das gesagt hat. Bridgett Maynard."

„Schön ist es hier." Ginger schlüpfte aus ihren Schuhen, wanderte in die Küche und dann wieder zurück in das große Zimmer. „Ich glaube, ich habe das bessere Los gezogen, als ich hierhergeschickt wurde."

„Aber alle anderen sind im Haus drüben, mit Essen und Zimmermädchen. Gibt es hier vielleicht was zu essen? Ist das Wasser an?" Tom verschwand in der Küche und probierte den Wasserhahn aus, der brav Wasser spuckte. „Anscheinend ist alles da, was du brauchst." Tom schloss die Fenstertüren und hob seine Schuhe auf. „Halt die Türen verschlossen. In diesen Wäldern gibt es Obdachlosenlager. Selbst bei dieser Kälte."

„Danke. Für alles." Sie wies mit der Hand auf die Türen, ohne zu merken, dass der dunkle Schal, den sie trug, ihr lose um den Hals fiel und freigab, was sie so sehr zu verbergen versuchte.

Er kämpfte gegen den Impuls an, sie zu berühren, ihr zu sagen, dass ihre Wunden heilen würden. Sie brauchte sich nicht zu verstecken. Aber das würde auf jeden Fall all ihre Grenzen überschreiten. Echte und solche im Kopf.

„Tja, ich denke, ich sollte dann mal wieder zurückgehen." Er zog eine Grimasse, stellte seine Schuhe ab und stieg hinein.

„Oh Tom." Sie wirbelte zu ihm herum. „Siehst du, und deswegen hättest du nicht mitkommen sollen. Jetzt musst du im Regen zurücklaufen. Alleine."

„Wie gesagt, ich habe schon Schlimmeres überstanden."

„Es ist eiskalt da draußen. Du holst dir eine Erkältung oder sonst was. Ich glaube nicht, dass Bridgett und Eric sonderlich begeistert wären, wenn du morgen hustest und schniefst."

„Hierbleiben kann ich ja nicht, oder?" Sein Blick traf ihren, und einen Moment lang war er wieder zurück in der Highschool, wo er sie im Matheunterricht beobachtete und sich fragte, wie er nur den Mut zusammenbekommen könnte, sie nach einer Verabredung zu fragen. Sie war so abgeschottet, immer auf der Hut. Damals wie heute.

„Ich glaube nicht." Sie trat näher. „Bis morgen dann."

„Bis morgen." Es fühlte sich an, als würde in diesem Moment etwas zwischen ihnen passieren. Aber er konnte nicht genau sagen, was.

„Hey, warum versuchst du es nicht noch einmal bei Eric? Er hat gesagt, er bräuchte seinen Trauzeugen heute Abend noch. Er könnte dich doch abholen kommen."

Tom pulte sein Handy aus der Tasche, dem die matschige Umgebung anscheinend nicht geschadet hatte, und rief Eric an. Wieder keine Antwort. Dann versuchte er es bei Edward, ebenfalls vergebens.

Er zeigte Ginger sein stummes Telefon. „Ich werde wohl zu Fuß gehen." Tom zeigte auf den offenen Kamin. „Ich habe draußen Feuerholz gesehen. Willst du ..."

„Nein." Sie schüttelte den Kopf. „Ich bin definitiv mehr ein Fan von Heizkörpern und warmen Decken."

„Klar, sorry." Er griff nach ihrer Hand, nach der, die sie nicht unter ihrem Pulloverärmel versteckte, und drückte sie sacht. „Wenn ich schon in einer kalten, regnerischen Nacht draußen unterwegs sein musste, bin ich froh, dass ich wenigstens mit dir unterwegs war." Er ging Richtung Tür. „Gute Nacht."

„Tom?"

„Ja?"

„Warum hast du mich nicht angerufen? An dem Abend damals? Und mir gesagt, dass ihr abreist?"

Ihre Fragen schienen die Zeit zurückzudrehen. Auf einmal sah er sie vor sich, wie sie in ihrem Zimmer saß und darauf wartete, dass er kam. Aber er war nicht zurückgekommen. Nie. „Ich wusste nicht, dass wir umziehen würden, bis ich nach Hause kam. Dort verkündete Dad, dass er bei der Gemeinde gekündigt hätte und wir nach Atlanta ziehen würden. Keine Debatten, keine Fragen, kein Streit. Ich war siebzehn Jahre alt, und mein Vater hatte gerade meine Welt zerstört."

„Warum bist du nicht bei deinem Großvater geblieben? Oder bei einem deiner Freunde?"

„Dad hat das nicht zugelassen. Er hat darauf bestanden, dass wir als Familie umziehen. An dem Abend, als wir alles zusammenpackten, haben wir uns so sehr gestritten, dass wir uns fast geprügelt hätten. Dann kam meine Schwester hysterisch aus ihrem Zimmer gerannt und hat uns angefleht, dass wir aufhören sollten." Ginger hatte die Arme um sich geschlungen und hörte ihm zu. Das warme Licht des alten Siedlerhauses umstrahlte sie wie ein Heiligenschein. „Es hat mir Angst gemacht und mich gedemütigt, sie so zu sehen, ihren Schmerz zu sehen. Dann habe ich die existenzielle Not im Gesicht meines Vaters erkannt und aufgegeben. Ich habe nicht alles verstanden, was los war und warum wir uns aus der Stadt machten wie Banditen, aber was auch immer es war, es machte meinen Dad und meine Mom komplett wahnsinnig. Ich habe nicht gehört, dass sie je laut miteinander geworden wären oder so etwas, aber an dem Abend haben sie rein gar nicht miteinander gesprochen. Trotzdem habe ich es geschafft, ein echter Quälgeist zu sein. Die ersten zwei Monate nach dem Umzug habe ich kaum mit ihm gesprochen. Obwohl er sich wirklich bemüht hat, die Sache zwischen uns wieder in Ordnung zu bringen." Tom verzog bei seinem Geständnis schmerzhaft das Gesicht. „Jetzt ist mir klar, dass seine Familie das Einzige war, das ihm in dieser schlimmsten Zeit geblieben war, und auch alles war, was er brauchte."

„Glaube mir, wenn man eine Familie hat, hat man alles, was man braucht." Sie schauderte, aber er war sich nicht sicher, ob das nicht von dem kalten, schlammigen Wasser auf ihrer Jeans kam.

„Es tut mir leid, dass ich nie angerufen habe. Oder gemailt. Du warst meine Freundin und hättest das verdient. Ich habe gedacht, wir könnten vielleicht irgendwann mehr als nur Freunde sein. Aber als wir umgezogen sind, habe ich Rosebud und alles, was damit zu tun hatte, hinter mir gelassen."

„Mehr als nur Freunde?" Ihre Augen glitzerten. „Selbst wenn du in Rosebud geblieben wärst, wäre aus uns niemals mehr geworden. Wir waren kaum miteinander befreundet. Deine Freunde hätten es nie zugelassen."

„Was zugelassen? Dass wir Freunde werden? Oder mehr als das? Meine Freunde haben kein Mitspracherecht, was meine Beziehungen angeht." Er trat einen sumpfigen Schritt auf sie zu.

„Bist du dir da ganz sicher? Mir kam es vor, als hätten sie ziemlich viel zu sagen, was deine Beziehungen angeht. Mit wem du rumhängst, wann und wo. Immer, wenn wir uns zum Lernen getroffen haben, haben sie versucht, dich zum Schwänzen zu überreden. Wenn wir zusammen waren, haben sie kaum mit mir gesprochen. Wenn wir nicht zusammen waren schon mal gar nicht."

„Ich konnte das ganz gut selbst entscheiden. Auch damals schon. Die haben da nicht reinzureden. Ich habe dich doch ins Kino eingeladen, oder nicht?"

Schulterzuckend runzelte sie die Stirn. „Als Dankeschön fürs Mathelernen." Sie strich sich das sandfarbene Haar über ihrer Schulter glatt und schob ihren Schal an seinen Platz. „Aus uns wäre nie mehr geworden."

„Wenn ich wollte, dass mehr daraus wird ..."

Ein energisches Klopfen scheuchte die Vertraulichkeit aus ihrer Unterhaltung. Tom öffnete die Tür und fand Edward auf der Veranda. Scott und sein Allradfahrzeug warteten im Leerlauf vor den Stufen.

„Wir sind gekommen, um dich zu retten." Edward stürmte herein. „Auf dem Weg hierher sind wir am Käfer vorbeigekommen ..." Er musterte Tom von oben bis unten. „Was ist denn mit dir passiert, Mann?"

„Wir haben versucht, das Auto anzuschieben." Tom folgte Edwards Blick quer durchs Zimmer, hin zu Ginger, die auf der anderen Seite der Lesesessel stand.

„Ginger", sagte Edward.

„Edward."

„Du weißt, dass unser Knabe hier eine Gemeinde gründet?" Edward klopfte Tom auf die Schulter.

„Das hat er jedenfalls gesagt."

„Ist jetzt nicht blöd gemeint, aber nach allem, was bei Toms Vater los war, können wir nicht so leichtsinnig sein und ihn mit einer Frau allein lassen. Besonders, wenn es um dich geht."

„Wenn es um mich geht?" Sie fingerte an ihrem Schal herum, strich ihn höher um ihren Hals. „Was meinst du damit?"

„Lass uns fahren, Edward." Tom zupfte an seinem Arm und griff mit der anderen Hand nach dem Türknauf.

Aber Edward blieb, wo er war. Sein Lächeln war weder warm noch freundlich. „Du weißt ganz genau, was ich meine. Mir ist klar, dass einige Zeit vergangen ist, und nachdem Tom nicht verheiratet ist, gelten wohl auch andere Regeln, aber trotzdem gibt es Grenzen. Wir müssen ihn vor Skandalen und Tratsch schützen. Er braucht einen guten Start in Rosebud, wenn die Gemeinde es packen soll."

„Das reicht, Edward." Tom zerrte ihn zur Tür. „Ginger, es tut mir leid."

„Leid? Was? Edward, was redest du da eigentlich? ‚Ihn vor Skandalen schützen'?" Mit trotzig zusammengepressten Lippen schaute Ginger Tom an. *Siehst du? Deine Freunde lassen dich nicht.*

"Sie weiß es nicht?" Ungläubig starrte Edward Tom an.

"Ginger, du erfrierst beinahe und bist schmutzig. Wir lassen dich jetzt besser in Frieden", sagte Tom. Ed und seine große Klappe. Taktgefühl hatte er noch nie besessen. "Wie wäre es, wenn ich dich morgen früh abholen komme? Wann?"

"Lass mich nicht auflaufen, Tom Wells. Was weiß ich nicht?"

"Nichts, Edward redet einfach nur daher. Du weißt schon, weil es möglicherweise nicht so gut für den neuen, jungen, alleinstehenden Pastor ist, in einer dunklen, stürmischen Nacht mit einer schönen Frau alleine zu sein."

Ernüchtert zuckte sie zurück. Der feuchte Glanz in ihren Augen spiegelte eine Mischung aus Verwirrung und Was-hast-du-da-gerade-gesagt? wider. Aber sie blieb auf ihrer Fährte. "Wovon sprichst du da, Edward?"

"Weißt du nichts davon, Ginger?" Edward ging um den Ohrensessel herum auf sie zu. Seine Stimme war aalglatt, seine Bewegungen kalkuliert.

"Es reicht, Edward." Tom kam ebenfalls auf die andere Seite und legte seine Hand auf Edwards Brust. "Lass uns einfach gehen."

"Deine Mutter war der Grund, warum Toms Vater die Stadt verlassen musste. Oder zumindest war sie der Tropfen, der das Fass zum Überlaufen brachte."

Tief ausatmend ließ Tom seinen Kopf fallen. Edward hatte das schon die ganze Zeit tun wollen, seitdem Tom sich bereiterklärt hatte, die Gemeinde zu gründen. Er fand, Tom sollte „das Ganze ans Licht bringen".

„Gerüchte oder Skandale, die irgendwann an die Oberfläche kommen, können wir nicht gebrauchen."

Ginger schaute abwechselnd zwischen ihnen hin und her. „Entschuldige mal, aber ... Mom? Die Frau, die die Kirche verabscheut? Die ... nicht einmal ... mit mir ... hingehen wollte?" Ihre Worte wurden immer langsamer, als es ihr langsam dämmerte. Aber nur einen Moment lang. „Nein, nein, nicht meine Mama. Prediger und Pastoren sind definitiv nicht ihr Typ."

„Du kannst sagen, was du willst, aber Shana Winters war in Tom Wells senior verliebt."

„Edward!" Tom schob ihn aus der Tür. *Was stimmt denn bloß nicht mit dem?* „Ginger." Tom hielt im Türrahmen inne. „Ich hole dich morgen früh ab."

„Was redet ihr da eigentlich? Sie kannte Tom senior doch gar nicht, geschweige denn, dass sie sich in ihn verliebt hätte. Meine Mutter und dein Vater? Das ist doch lächerlich." Mit ungläubigem Gesicht wandte sie sich von ihnen ab. „Meine Mutter? Die ist vieles, aber ganz sicher niemand, der eine Familie kaputt macht."

„Da hast du recht. Sie hat keine Familie zerstört", sagte Tom. Er hätte Edward eine reinhauen können. Ernsthaft. „Wir können später darüber sprechen."

„Nein. Edward hat das zur Sprache gebracht, also lass uns jetzt auch darüber reden. Meine Mutter soll verantwortlich dafür sein, dass deine Familie die Stadt verlassen und dein Vater seine Gemeinde verloren hat? Dafür, dass du mich nie wieder angerufen hast?"

„Okay. Also, es ist folgendermaßen. Mein Vater ist verantwortlich dafür, dass er seine Gemeinde verloren hat und dass wir die Stadt verlassen haben, und ich bin verantwortlich dafür, dass ich dich nicht mehr angerufen habe."

„Also hat meine Mutter nichts damit zu tun? Dann lügt Edward?"

„Lügen ist das falsche Wort. Deine Mutter und mein Vater waren Freunde ..."

„Er hat von Liebe gesprochen."

„Ed", sagte Tom. „Kannst du uns einen Moment alleine lassen?"

Er wollte protestieren, wandte sich dann aber zur Tür. „Beeil dich, es ist spät. Eric wartet auf uns."

Nachdem die Tür ins Schloss gefallen war, streckte Tom die Hand nach Ginger aus, aber sie entzog sich ihm. „Edward kennt nicht die ganze Geschichte."

Ginger atmete aus. Das Licht in ihren goldenen Augen schwand, als sie das kleine Fenster schloss, das sie ihm geöffnet hatte.

„Was ist denn die ganze Geschichte?"

Draußen wurde gehupt. Tom brummte leise. Wenn er erst einmal mit Ed alleine wäre ...

„Ich sag dir was", schlug er vor. „Ich hole dich ab, und wir reden morgen früh darüber." Er lächelte, versuchte, ihr Einverständnis zu bekommen. „Geh duschen, wärme dich auf. Ich sehe dich dann um ..."

„Acht. Aber ist da was dran an dem, was er erzählt hat?", fragte sie nach einem Moment.

„Ein bisschen was." Er schaute sie an, hielt ihren Blick.

Seufzend sank sie in den Sessel, stand dann aber schnell wieder auf, als ihr einfiel, dass sie nass und dreckig war. „Noch ein Grund mehr."

„Noch ein Grund mehr wofür?"

„Dass wir nicht mehr als Freunde sein können. Ich habe dir gesagt, dass deine Freunde dich nicht lassen werden."

„Und ich habe dir gesagt, dass meine Freunde mir da nicht reinzureden haben. Wir sehen uns morgen früh, Ginger. Und bitte, mach dir wegen all dem keine Sorgen. Vertrau mir." Die Tür fiel hinter ihm ins Schloss und er trabte zu dem wartenden Fahrzeug. Beim Einsteigen verpasste er Edward eine Kopfnuss. „Super gemacht."

„Sie musste es doch wissen." Der Mann zeigte keine Reue. „Aber ehrlich, Tom, sie? Von allen Frauen im südlichen Alabama?"

Tom grübelte über der Frage, während Scott den Truck zurück zum Haupthaus lenkte. Das PS-starke Ungeheuer ließ sich von dem schlammigen, zerfurchten Gelände nicht beeindrucken.

Warum nicht Ginger Winters? Sie war freundlich und rücksichtsvoll, weit mehr als der Mann, der neben ihm saß und von sich behauptete, Christ zu sein. Jedes Mal, wenn Tom sie in den letzten paar Tagen gesehen hatte, hatte sie einen Teil seines Herzens erwischt.

Aber konnte er für die Tochter der Frau, die beim Fall seines Vaters eine entscheidende Rolle gespielt hatte, mehr als ein Freund sein?

Ja, es gab einiges, worüber Tom zu beten hatte. Ein langes Gespräch mit Gott stand an. Er würde offen sein, zuhören. Aber im Moment war die Antwort auf Edwards Frage ein klares, deutliches: *Ja, sie. Ehrlich.*

Kapitel 6

Die halbe Nacht hatte sie sich im Bett hin und her gewälzt bei dem Versuch, Edwards und Toms Geschichte unter einen Hut zu bringen, während sie dem Regen lauschte. Gegen Mitternacht wurde er von einem starken Wind abgelöst, der über das Anwesen strich und die Westseite des Siedlerhauses bestürmte.

Mama und Reverend Wells? Ginger konnte an den Fingern einer Hand abzählen, wie oft sie Mama mit dem Pastor hatte reden sehen, aber sie hätte sich nie vorstellen können, dass da mehr als ein „Wie-geht's-denn-so" zwischen den beiden hatte laufen können.

Mrs. Wells, Toms Mama, war eine schöne, sehr angesehene Frau. Und nett. Nicht so exzentrisch und verkorkst wie ihre eigene Mutter, die nicht die besten Entscheidungen getroffen hatte, was Beziehungen anging. Die sich regelmäßig hatte ausnutzen lassen.

Mama hörte nie auf andere, wenn es um Männer ging. Sie suchte sich ihren Kerl aus, und das war's dann. Die Polizei konnte ihr ein kilometerlanges Vorstrafenregister zeigen, aber wenn Mama einem Mann vertraute, ihn wollte, klammerte sie sich an ihn wie ein Hund, der einen Knochen festhielt.

Angezogen und bereit für den Tag wählte Ginger einen Schal aus ihrer Reisetasche aus – ein dunkles Waldgrün – und schlang ihn sich um den Hals. Sie wollte ihren Kram aus dem Auto holen und zum Haus bringen, ehe Tom auftauchte. Sie brauchte ihn nicht, brauchte nicht gerettet zu werden.

Zu seiner Verteidigung musste sie sich jedoch eingestehen, dass der vergangene Abend in ihr nachhallte. Er hatte sich hinter sie gestellt. Der Gedanke wärmte sie, gab ihr irgendwie Hoffnung.

Mit einem Blick in den Spiegel befestigte sie ihren Schal. Im Hinauseilen schlüpfte sie in ihre Jacke und schlang sich den Riemen ihrer Handtasche über die Schulter. Wenn sie als Shana Winters Tochter etwas gelernt hatte, dann dass sie niemals Freundlichkeit mit Zuneigung verwechseln durfte. Oder gar Liebe. Falls sie da nicht aufpasste, würde sie enden wie ihre Mutter – bitter und benutzt.

Sie wusste bereits, dass kein Mann jemals ihren hässlichen, vernarbten Körper würde halten wollen.

Noch hatte die Morgendämmerung die Wiesen nicht geküsst. Wenn sie sich also beeilte, würde sie das große Haus erreichen, bevor Tom überhaupt aufgestanden war. Ihr Plan für den Tag? Ihm auszuweichen, so gut es ging.

Aber als sie die Haustür öffnete und in den kalten Morgen hinaustrat, sah sie sich einem weißen Lichtkreis gegenüber – und Tom Wells, der auf einem riesenhaften Pferd saß.

„Guten Morgen."

Eine Hand auf ihrem Herzen stolperte Ginger rückwärts. „Um Himmels Willen, hast du mich erschreckt. Was machst du so früh hier?" Sie zeigte auf das kaffeebraune Tier. „Und da oben?"

„Ich warte auf dich. Ich werde dir helfen, dein Auto aus dem Schlamm zu ziehen." Er richtete den Strahl seiner Taschenlampe auf ihre Füße. „Da draußen ist immer noch alles eine ziemliche Schweinerei."

„Na dann, auf geht's." Sie trampelte mit gespielter Tapferkeit die Stufen hinunter und drängte sich an ihm und seinem monströsen Reittier vorbei.

„Du brauchst doch nicht zu Fuß zu gehen." Tom schnalzte mit der Zunge und ließ das Taschenlampenlicht über den graswachsenen, matschigen Weg tanzen, der immer noch im Dunkel der Nacht verborgen war.

„Ich steige nicht auf dieses Vieh." Ginger zeigte auf das Pferd und trottete weiter, sprang über die schlammigsten Stellen, dankbar für Toms Licht, weil sie ihre Lampe ja offensichtlich vergessen hatte. „Was ist mit Scotts Truck passiert?"

„Der ist irgendwo steckengeblieben, als er heute Nacht durchs Gelände gedüst ist. Aber die Maynards haben ja ihre Pferde hier, also habe ich mir eins ausgeliehen, um dir zu helfen."

„Im Ernst? Mit einem Pferd?" Bei Gingers nächstem Schritt versank sie in einer glibberigen Vertiefung, die sich unter einem Büschel hohen Grases versteckt hatte.

„Hast du diesen Koloss hier gesehen? Der könnte eine Scheune von ihrem Fundament ziehen. Das ist ein Arbeitstier." Tom leuchtete sie an. Sie hörte ihn freundlich lachen, aber traute sich nicht aufzusehen. „Wir koppeln deinen Käfer an sein Geschirr. Der wird sich denken: ‚Was ist denn das für ein kleines Ding da hinter mir?" Toms Lachen drang in der kalten Morgendämmerung weit über die Wiesen.

Ginger hielt an und schaute zu ihm hoch. „Du findest das lustig? Ich muss arbeiten, und du machst Witze."

„Warum stellst du dich dann so dickköpfig an, anstatt dir helfen zu lassen? Steig auf, Ginger." Tom streckte ihr eine Hand entgegen. „Du sinkst nur noch tiefer ein, während wir hier reden."

„Ich habe das schon unter Kontrolle." Je weiter sie sich vom Haus entfernte, desto weicher wurde der Boden und desto nasser das Gras. Ihre Füße tauchten in den Matsch ein, der ihre Hosenbeine beschwerte.

„Du hast das unter Kontrolle?" Tom saß ab und stapfte im Schlamm neben ihr her. Mit der Taschenlampe leuchtete er ihr den Weg. „Würde es dir was ausmachen, mir zu verraten, wie du dein Auto aus dem Schlamm ziehen willst?"

Sie hielt an und drehte sich um, was ihn dazu brachte, abrupt anzuhalten, kurz bevor er mit seiner kräftigen Brust in sie hineinwirbelte. „Ich ... habe ... keine ... Ahnung. Da, bist du jetzt zufrieden?"

Er wich zurück. „Wow, Entschuldigung. Ich wusste nicht, dass dir Bitterkeit so gut steht."

Sie trat auf ihn zu, begleitet vom Duft sauberer Baumwolle und frisch gewaschener Haut. „Ich erfahre von deinem Dad und meiner Mama – von Ed Frizz? Warum hast du mir das nicht erzählt?"

Er seufzte und fuhr mit seiner Hand die Länge der Zügel entlang, die Taschenlampe auf seine Füße gerichtet.

„Ich wusste es selbst nicht. Bis vor ein paar Monaten. Als wir umgezogen sind, haben meine Eltern mir und meiner Schwester gesagt, sie hätten Eheprobleme, die sie lösen müssten, dass aber alles gut werden würde. Als ich Dad erzählt habe, dass ich wieder nach Rosebud zurückgehe, um eine Gemeinde zu gründen, hat er mir den Rest der Geschichte erzählt. Dass Shana Winters der Grund war, warum er gehen musste."

„Was für ein Grund denn bitte? Edward scheint eine ganze miese Menge mehr zu wissen."

„Ed ist ein Angeber. Er spielt gerne den großen Macker, aber er weiß auch nicht mehr als ich."

„Aber er denkt, er wüsste mehr, und das benutzt er, um dir zu sagen, was du tun sollst."

„Nein, tut er nicht. Er ist einfach nur ... Ed." Er seufzte und signalisierte dem Pferd mit einem Schnalzen, dass es weitergehen sollte. „Lass uns einfach deinen Wagen aus dem Matsch ziehen, dann kannst du zum Haus fahren."

Ginger hielt an. Sie kämpfte mit dem Gefühl, die Böse in der ganzen Geschichte zu sein. Tom war der Held, der doch tatsächlich auf einem dunklen Pferd angeritten kam, um sie zu retten. Wie konnte es dann bitteschön ihre Schuld sein, dass da irgendwie irgendetwas zwischen Toms Vater und ihrer Mutter gelaufen war? Etwas, das Ed dazu gebracht hatte, sie runterzumachen?

Gingers Gefühle fanden Ausdruck in ihren Worten. „Hey, ich bin nicht die Böse hier." Sie folgte ihm und stolperte geradewegs in die nächste dreckige Schlammpfütze.

„Mir hat keiner was gesagt. Ich habe nie auch nur ein Fitzelchen Tratsch in Rosebud gehört. Komm schon, ich bin das vernarbte Monstermädchen. Bestimmt brannte nur jemand darauf, mir zu sagen, wie meine Mama den erfolgreichsten Prediger der Region zu Fall gebracht hat."

Gingers Heftigkeit ließ das Eis in der Luft schmelzen. Der Wallach hob schnaubend seinen Kopf, sein Atem stand wie eine Wolke vor seinem breiten Maul.

„Es tut mir leid, dass ich es dir nicht erzählt habe. Aber wann zwischen jetzt und vor drei Tagen hätte ich das denn tun sollen? ‚Hey, ich habe dich über zehn Jahre nicht gesehen, und übrigens, was war denn da los, als deine Mutter sich in meinen Vater verliebt hat? Drollige Geschichte, was?'"

„War es denn so?" Das wäre typisch Mama. Sie liebte immer das, was sie nicht haben konnte, ob es nun Autos waren oder Männer oder die Töchter anderer Leute – die hübschen, die eine glatte Haut hatten.

„Ja." Er schaute zu ihr hinunter. „Es tut mir leid, dass ich die Stadt verlassen habe, ohne mit dir zu reden, falls dir das noch etwas bringt. Und dass ich dir nie geschrieben oder dich angerufen habe. Ich war lange Zeit sehr wütend, und als ich dann endlich in der Lage gewesen wäre, über meinen Schatten zu springen, wusste ich nicht mehr, was ich sagen sollte."

„Da...danke. Tut mir leid, dass ich dich seitdem gehasst habe."

„Gehasst?" Er schlug sich die Hand auf die Brust. „Ehrlich?"

„Okay, vielleicht nicht gerade gehasst, aber wirklich, wirklich verabscheut. Sehr." In der Ferne entdeckte sie ihren armen, eingesunkenen Käfer. Sie streckte die eine Hand nach seinem Arm aus und hob mit der anderen die Taschenlampe. „Da dümpelt sie vor sich hin."

„Sie sieht so traurig aus. Ich glaube, sie hat uns vermisst."

„Hasst du sie? Meine Mutter?" Ginger übersprang eine Pfütze. „Für was auch immer sie getan haben mag?"

„Es nutzt nichts, jemanden zu hassen. Das kostet so viel Energie und bringt so wenig. Um ehrlich zu sein, sagen meine Eltern beide inzwischen, dass die ganze Situation am Ende zu etwas Gutem geführt hat."

„Das soll zu etwas Gutem geführt haben? Es fällt mir schwer, das zu glauben." Ginger schaute zu Tom zurück. Das blasse Licht der Morgendämmerung betonte seine breiten Schultern.

„Das ist ein Geschenk von Gott, der alle Dinge zum Guten wendet." Im Herankommen murmelte er ein leises: „Ho! Langsam, Clyde."

„Dann ist das hier also Clyde?" Ginger hob zögernd die Hand, um das Maul des Pferdes zu streicheln. Clyde schob seinen Kopf in ihre Handfläche. Mit einem kurzen Lachen wich sie zurück.

„Er mag schöne Frauen", sagte Tom, der das Pferd vor den Bug des Wagens führte.

Da! Er hatte es wieder gesagt. Dass sie schön sei. Zweimal in weniger als zwölf Stunden. Der Gedanke wärmte sie bis in ihre frostkalten Zehenspitzen. Aber sicher meinte er es nicht so. Nicht wirklich. Vielleicht in einer metaphorischen, symbolischen Art. Aber ach, wie gerne hätte sie es geglaubt.

Während Tom neben dem Auto kniend einige Ketten an die Karosserie hakte, sprach er in leisen, freundlichen Worten mit Clyde. „Guter Junge … du schaffst das … hab Geduld mit mir, du sanfter Riese … dann bringen wir dich nach Hause, striegeln dich ordentlich, und zum Frühstück gibt es einen Eimer Hafer."

In Gingers Brust regten sich starke Gefühle. Zu ihr hatte, außer Grandpa, noch nie jemand mit so sanfter Stimme gesprochen.

Nicht einmal damals, in ihrem Krankenhausbett, nachdem man sie aus dem Feuer gerettet hatte, hatte ihr jemand so freundliche und ermutigende Worte zugeflüstert.

„Ginger", *hatte Mama immer gesagt, „hör auf zu weinen. Wenn du gesund werden willst, musst du eben die Behandlungen aushalten. Also, wie wär's – möchtest du noch eine Runde Gilmore Girls mit mir anschauen?"*

Tränen drängten an die Oberfläche, als Tom mit einem „Startklar?" wieder auf die Beine kam. Ginger duckte sich hinter den Käfer, um ihre glasigen Augen zu verstecken.

„Ich bin startklar zur Welt gekommen."

Tom sah sie an, als sie hinter dem Auto wieder hervorkam. „Alles in Ordnung bei dir?" Sein weicher Tonfall wehte über ihre Schulter direkt in ihr Herz.

„Ja, egal, auf geht's." Ginger wischte sich die Augen und machte sich, die Hände auf der Motorhaube, zum

Schieben bereit. Ihre Füße versanken im nassen, kalten Boden.

„Ginger, du brauchst nicht zu ..."

„Können wir das einfach hinter uns bringen? Ich muss mich waschen und umziehen, bevor Mrs. James zu ihrem Termin herunterkommt."

„Okay. Aber du fährst, ich schiebe." Er beugte sich über sie. Seine Nase war nur wenige Zentimeter von ihrer entfernt. Sie konnte geradewegs durch seine meerblauen Augen hindurch in seine arglose Seele blicken.

„F...fahren?" Sie schluckte.

„Lenken? Den festen Boden wiederfinden ..." Tom fädelte Clydes Zügel zwischen der offenen Tür und der Windschutzscheibe hindurch.

„Ja, klar." Sie zerrte ihre Schlüssel aus der Hosentasche. Ihr Herz tobte. *Nein, du kannst das nicht.* Sie kniff die Augen zu, hielt den Atem an, zwang ihr Herz, mit dem Getue aufzuhören. „Ich fahre, du schiebst."

Er grinste. „Klingt nach einem guten Plan. Bereit?" Tom wich zurück, behielt Ginger aber fest im Blick. „Bist du sicher, dass es dir gut geht?" Er beugte sich wieder vor. „Ich meine wegen der Neuigkeiten und all dem. Es ist nämlich völlig okay, wenn das alles nicht in Ordnung für dich ist. Wir haben dir gestern Abend einen ziemlichen Brocken vor die Füße geworfen. Hast du deine Mutter angerufen?"

„Nein. Und jetzt hör auf, hier den Retter der Welt zu geben. Lass uns endlich *anfangen*."

„Entschuldige, dass du mir wichtig bist." Sein scharfer Tonfall durchbrach ihre brüchige Fassade. Während er zum Heck des Wagens ging, setzte sich Ginger ans Steuer.

Oh, Mama ...

„Auf geht's!", rief er. „Hüa, Clyde. Zieh, Bursche, zieh."

Ginger legte den Leerlauf ein und umklammerte das Lenkrad, während Clyde den Kopf senkte und sich in sein Geschirr legte. Vor seinen Nüstern bildeten sich Dampfwölkchen. Ginger drehte den Zündschlüssel um, aber der nasse Motor stotterte und jaulte. Die Räder drehten sich, ohne Halt zu finden.

„Schieb!", rief sie.

„Ich schiebe ja schon."

Tom schnalzte wieder mit der Zunge, und mit einem langen Schritt schaffte es das riesige Ungetüm, das Auto aus dem Schlamm zu ziehen. Mit einem Jubelschrei weckte Ginger den Motor, indem sie den ersten Gang einlegte. Das kleine Fahrzeug wurde wieder lebendig.

Ginger schaltete wieder zurück in den Leerlauf und sprang aus dem Wagen. „Wir haben es geschafft."

Aber niemand hatte Clyde gesagt, dass sein Auftrag erfüllt war. Leichtfüßig trottete er weiter. Der Motor knatterte.

„Hey, Pferd, warte ..." Der Radkasten des Hinterrads streifte Gingers Bein und beförderte sie zu Boden, direkt mit dem Kopf in eine sehr kalte Pfütze.

„Ginger, alles klar bei dir?" Tom, der angestrengt versuchte, nicht zu lachen, streckte seine Hand aus.

„Sehe ich etwa aus, als wäre alles klar?" Sie umklammerte seine Hand, erhob sich aus dem Matsch und sah zu, wie Clyde langsam an Tempo zulegte. Er schien ein Gefühl für Matildas Gewicht zu bekommen, beschleunigte und galoppierte schließlich auf das Plantagenhaus zu. Die offene Autotür schwang hin und her und Clydes Zügel klatschten gegen den Innenraum des alten Käfers.

„Warum hast du denn nicht die Zügel in die Hand genommen?"

„W...weil ... weil du mir nicht gesagt hast, dass ich die Zügel in die Hand nehmen soll. Warum hast du sie nicht genommen?" Sie ignorierte das Flattern in ihrer Magengrube, das zweifellos von Toms strahlendem Grinsen hervorgerufen wurde. Dann schaufelte sie sich Schlamm von Oberteil und Jeans. „Schau mich bloß mal an ... Ich bin ja total verdreckt." Mit wütenden Bewegungen legte sie ihren Schal zurecht und ging los. Kaltes, dreckiges Wasser floss über die Oberkante ihrer knöchelhohen Stiefel.

„Lust auf Gesellschaft?" Tom schloss zu ihr auf.

„Nur, wenn du still sein kannst." Der Wind zerrte an ihr, und die goldene Wärme der Sonne, die sich nun in der Morgendämmerung zeigte, schien aus weit entfernten Galaxien zu kommen.

Sie musste nachdenken, musste sich mit dem großen Thema auseinandersetzen, mit dem Schwarzen Loch in ihrem Magen. Ein Loch, das sich schon gebildet hatte, bevor sie erfahren hatte, dass ihre Mama sich mit einem

Pastor eingelassen hatte. Lange bevor Tom Wells junior in ihr Leben getreten war.

Dieses spezielle Loch begleitete sie schon ihr ganzes Leben – trotz ihrer Karriere in den großen Metropolen, trotz der erfolgreichen Jahre mit Tracie Blue und obwohl sie *Gingers Schnittchen* in der Mitte der Mitte der Hauptstraße besaß. Sie, Ginger Lee Winters, steckte fest. In ihrem Leben. In ihrem Herzen. In dem, was sie über Gott, sich selbst und Tom glaubte.

Weil wieder kalte Tränen drohten, beschleunigte Ginger ihren Schritt, um Toms warmem Blick auszuweichen.

„Geht's dir gut?" Der Klang von Toms Stimme hob ihre Laune.

Ginger schaute mit zusammengekniffenen Augen zu ihm hinauf. „Warum bist du so nett zu mir?"

Tom glich sein Tempo ihrem an. „Vielleicht, weil ich dich mag."

Ginger lachte laut und stapfte weiter durch das hohe Gras. Sie rang mit dem wirbelnden, taumelnden Gefühl, das Toms Bekenntnis bei ihr auslöste. Er mochte sie? Kein Mann mochte sie. Nicht auf die Art jedenfalls, die sein Tonfall nahelegte.

Nach einer Weile hielt sie an. Er war ein Mann Gottes – vielleicht kannte er die Antwort auf ihre bohrende Frage. „Sorgt sich Gott um uns?"

„Ja." Sicher. Ohne zu zögern. Das traf sie unerwartet. Sie hätte gedacht, er würde innehalten, nachdenken, sich räuspern, herumstottern. Denn wie konnte ein Mensch wirklich wissen, ob sich Gott um ihn sorgte?

„Ja? Einfach so?" Sie schnippte in der kalten Luft mit den Fingern.

„Ja, einfach so." Er nahm seinen Blick nicht von ihrem Gesicht. Und in ihrem Inneren brannte sie.

Ginger ging weiter. „Okay, ja. Ich nehme an, es ist zu früh für ein ernsthaftes Gespräch."

„Ich bin ernst. Und wenn du reden willst, sag Bescheid, egal wann!"

Sie sah schweigend zu ihm hinüber. Jetzt fühlte sie sich zerrissener und verkorkster als vor ihrer Frage.

Wenn Gott sich ernsthaft um Menschen sorgte, wo ist er dann gewesen, als sie in dem Feuer eingesperrt war? Wo in den darauffolgenden Jahren? Sie war gerne sauer auf Ihn, glaubte, dass Er ihr etwas schuldig war.

Aber was sie in dem Moment mehr beschäftigte als die Neuigkeiten wegen Mama, oder dass Gott sie in einem Feuer alleingelassen hatte, war die Tatsache, dass Tom Wells junior ganz genauso aussah, wie sie sich Jesus vorstellte. Warm, freundlich, ohne jede Anklage, aber mit einer blauäugigen Intensität.

Doch an diesem kalten Hochzeitsmorgen war sie nicht bereit, irgendwelchen Freundschafts- oder gar Liebesangeboten zu vertrauen. Nicht solchen von Tom Wells. Und ganz besonders nicht von Gott.

Kapitel 7

Die Atmosphäre im Atrium der zweiten Etage war wie elektrisiert. Verschwunden waren die kalten Splitterstücke ihres frühen Morgens im Schlamm mit Tom und Clyde, der, nachdem Tom ihn vom Auto abgeschirrt hatte, übrigens freundlich Gingers Schulter anstupste, als wollte er „Gern geschehen!" sagen. Sie spürte eine Welle der Freude angesichts der Zärtlichkeit dieses sanftmütigen Riesen.

Trotzdem war es eine Tatsache, dass Ginger so gar nicht in ihrem Element war, wenn es darum ging, sich aus Schlamm zu kämpfen, mit Pferden umzugehen, ihr Herz zu öffnen – obendrein auch noch gegenüber Tom Wells – und über ihre Vergangenheit und die Existenz Gottes nachzusinnen.

Aber in einem Raum voller Frauen zu sein und Frisuren zu machen? Das war Ginger Winters Territorium, hier hatte sie das Kommando. Und sie hatte vor, es niemals zu verlassen. Verschwunden waren ihre Unsicherheit und Beklemmung.

Als Tom und sie bei der Scheune ankamen, zu der Clyde den Käfer gezogen hatte, nahm Ginger Toms Hilfe dabei an, ihre Kästen und Koffer auszuladen und ins Haus zu bringen. Sie taten das in einem nachdenklichen Schweigen, das weder wirklich angenehm noch vollkommen unangenehm war.

Als sie fertig waren, verabschiedete er sich kurz von ihr, wobei er ihren Blick einen Wimpernschlag länger hielt, als ihr aufgeregt schlagendes Herz es vertrug – und joggte dann durch den Flur davon.

Ginger legte sich die Hand aufs Herz und zwang jede einzelne Faser ihrer Hirnwindungen dazu, das hübsche Gesicht eines gewissen Tom Wells junior zu vergessen.

Sie huschte ins Badezimmer, wusch sich den Matsch ab, rieb sich die Kühle der Morgendämmerung aus den Gliedern und schickte alle nachhallenden Gedanken an ihn den Abfluss hinunter.

Dann grub sie saubere Kleider aus ihrer Tasche, zog ihr Ersatzpaar Stiefel an und betrat unter dem Widerhall ihrer Absätze das Atrium.

Als es halb drei war, hatte sie das Haar von drei Großmüttern, zwei Müttern, einer Großtante, sieben Brautjungfern und zwei Blumenmädchen frisiert, aufgedreht, toupiert und eingesprüht.

Und die ganze Zeit über beschallte die Stereoanlage das Ganze mit einem wilden Gemisch an Songs von Michael Bublé über Jesus Culture bis hin zu Beyoncés „All the single ladies".

Lachen mischte sich unter die Musik, wurde Teil der Melodie und des Rhythmus'.

Jetzt gerade umringten die Brautjungfern Bridgett, drehten die Musik auf und schmetterten den Text mit in den Nacken gelegten Köpfen und weit ausgebreiteten Armen: „You call me out beyond the shore into the waves ... You make me brave ... Du rufst mich, den Strand zu verlassen und hinaus aufs Wasser zu gehen, du machst mich mutig ...

Ginger schloss die Augen, lehnte sich gegen die improvisierte Arbeitsstation und nahm die Worte in sich auf. Wenn es einen Gott gab, der sich um sie sorgte, könnte Er sie dann mutig machen? Die Idee gefiel ihr.

Aufwallendes Gelächter der älteren Damen, die sich auf den Sofas miteinander unterhielten, weckte Gingers Aufmerksamkeit.

In ihren Festtagskleidern lehnten sie sich bequem zurück und nippten an einer fruchtigen Ginger-Ale-Bowle. Die Glitzerelemente ihrer Kleider fingen das Licht, das durch die hohen Bogenfenster hereinströmte.

„An meinem Hochzeitstag damals hätte ich so ein Lied gut gebrauchen können." Eine der Großmütter zeigte auf den singenden Kreis. „Ich war so nervös, dass ich kaum aufrecht stehen konnte. Ein Lied mit meinen Brautjungfern hätte ich sicher nicht singen können. Ich habe all meinen Schneid gebraucht, um es den Mittelgang der Kirche hinunterzuschaffen."

„Das ist gar nichts", sagte die Großtante. „Bei meiner Hochzeit hatte der Pianist gerade angefangen, den Hochzeitsmarsch zu spielen, als mein Dad sich zu mir beugte und sagte: ‚Du brauchst das nicht zu machen, wenn du es nicht möchtest, Schätzchen.' Ach du allerliebste Güte, ich hätte ihm beinahe eins übergezogen."

Ginger lächelte und sah auf die Uhr, während sie ihr Bowleglas zur Hand nahm. Viertel vor vier. Noch eine Stunde und fünfundvierzig Minuten bis zur Hochzeit. Sobald Bridgett damit fertig wäre, über Mut zu singen, würde Ginger sie in ihrem Stuhl haben.

Haare und Make-up, das war ihre Welt, in der sie das Kommando hatte, Kapitänin ihres Schicksals war. Aber da *draußen*, in der ganz normalen Alltagswelt, war sie die Arme, Bemitleidenswerte, Vernarbte. Und jetzt offenbar auch noch die Tochter der Frau, die einen Prediger zu Fall gebracht hatte.

Kein Wunder, dass sie sich in ihrem Salon hinter langen Ärmeln und bunten Schals versteckte. Und hier und da ein wenig aus dem Leben der Frauen und Männer für sich mitnahm, die ihren Laden betraten, sich in ihren Stuhl setzten und ihre Geschichten erzählten.

Das Lied endete und die Mädchen lachten und jubelten. Sie zogen Bridgett in eine Umarmung und bildeten eine Zauberblume der Schönheit.

Ginger würde nie in ihren Garten passen. Ganz sicher würde man sie herausjäten.

Nur wenn es darum ging, anderen zu helfen, Frauen ins Reich der Schönheit zu befördern, dann blühte sie auf.

„Oh, Ginger, schau mal, meine Frisur löst sich auf." Mit Panik in der Stimme brach Miranda aus dem Kreis aus und eilte zu Ginger. „Schau." Sie tätschelte die lockeren Wellen, die Ginger ihr verpasst hatte.

„Setz dich erst einmal." Ginger klopfte auf den Stuhl und musterte Mirandas sandblondes Haar, das sie kunstvoll hochgesteckt hatte, mit zusammengekniffenen Augen. Die Frisur war perfekt. Und es war praktisch unmöglich, dass sie auseinanderfallen würde, denn sie hatte sie mit Haarlack fixiert wie ein Gipser eine Wand verputzte.

„Wie wäre es mit ein paar langen Strähnen ... so als Locken?", fragte Miranda und versuchte, Strähnen aus den Haarclips zu zupfen.

„Meine Güte, Mandy, jetzt lass Ginger doch ihren Job machen. Sie ist die Beste. Deine Frisur ist perfekt." In einen weißen Bademantel gehüllt, an einem Mineralwasser nippend und über das ganze Gesicht strahlend tauchte Bridgett zu ihrer Rechten auf.

„Ich mag eben einfach lange Locken über meiner Schulter."

„Weil du immer lange Locken über deiner Schulter trägst. Sei *mutig*, wage mal etwas Neues."

Ginger lächelte Miranda im Spiegel an. „Vertrau mir, dieser Twist passt perfekt zu deinem Gesicht. Wenn du Locken möchtest, müssen wir ganz von vorne anfangen. Dann müsstest du deine Haare noch einmal waschen."

Miranda schnitt eine Grimasse. „Schön, aber ich finde immer noch, dass ein paar Locken um meinen Hals gut aussehen würden." Sie zeigte mit dem Finger auf Bridgett. „Warte, bis du auf diesem Stuhl sitzt. Dann wirst du Ginger ganz schön herumkommandieren."

„Tja, dann schau her. Ich werde mich mit dem Rücken zum Spiegel setzen, so sehr vertraue ich ihr."

„Na, dann mal los." Miranda stand auf und schüttelte die Falten aus ihrem langen Kleid. „Jetzt bist du an der Reihe, mutig zu sein."

Ohne ein weiteres Wort drehte Bridgett den Stuhl vom Spiegel weg und sah mit einem herausfordernden

Blick zu Mandy. „Mach dein Ding, Ginger." Sie sah auf. „Wir haben viel zusammen erlebt, oder?"

„Oh ja." In Momenten wie diesen wurde die Highschool zu einem mystischen, lustigen Ort mit lange gehegten Erinnerungen, in denen Ginger einen kurzen Moment lang Teil der Gemeinschaft der Schülerinnen gewesen war.

„Weißt du noch, als du für mich die Kastanien aus dem Feuer geholt hast, als ich ..." Eine tiefe Röte überzog Bridgetts Wangen, als sie über ihre Worte stolperte. „Ich meine den Abend, als ich versucht habe ..." Sie schluckte. „Als ich versucht habe ... mir die Haare zu färben und ... grün. Überall war alles ... grün."

„Ein echter Notfall." Ginger überging Bridgetts Redewendung mit dem Feuer. Wenn sie in ihrem Metier war, konnte nicht einmal ihre dunkle Tragödie sie verunsichern.

„Es war meine erste Verabredung mit Eric, und meine Haare waren so was von im Eimer. Ich bin zu Ginger nach Hause gerannt, also echt gerannt, und habe den ganzen Weg über geweint."

„Und schau dich jetzt an", sagte Ginger.

„Jetzt heirate ich ...", ihre Stimme brach, „ ... genau diesen Mann."

„Der das mit den grünen Haaren möglicherweise nicht einmal bemerkt hätte."

„Oh, wie wahr." Bridgetts Lachen füllte den Raum, und die Brautjungfern seufzten.

Ginger kämmte Bridgetts leicht gewelltes Haar und teilte es dann in unterschiedliche Sektionen auf. Sie hatte eine lockere Hochsteckfrisur im Sinn, von der sich lange Strähnen den sanften Schwung des Halses entlangschlängelten. Denn die Frisur sollte etwas von der Geschichte der Braut erzählen, ihre besondere Art hervorheben.

Bridgetts Hochsteckfrisur war ein filigranes Kunstwerk aus Verdrillungen und Locken, ganz und gar elegant und prachtvoll. Ginger toupierte den Scheitel an und spürte eine tiefe Befriedigung. Denn egal, wie vernarbt oder abscheulich sie anderen vorkam, das hier konnte ihr keiner nehmen.

Hätte sie mehr Mut gehabt, hätte sie die positive Seite der Tragödie sehen können, die sie mit ihrem Schicksal, ihrer Superkraft, überhaupt erst bekannt gemacht hatte.

Während sie Bridgetts Haar zwirbelte und feststeckte, unterhielten sich die Frauen lachend weiter und beruhigten die aufgeregte Hochzeitsplanerin, die hereinplatzte und verkündete, dass die Blumen noch nicht geliefert worden waren.

Ginger beobachtete das Drama unauffällig, während sie weiter drehte, feststeckte und glättete. Als Bridgetts Haar vollständig fixiert und mit Haarlack an Ort und Stelle festgezaubert war, rief die Brautmutter nach dem Kleid. Die Designerin und ihre Assistentin brachten es herein. Bridgett stand auf.

„Na dann." Die Braut warf einen Blick in den Spiegel und schaute Ginger dann mit glitzernden Augen an. „Genau wie ich mir meine Frisur vorgestellt habe. Danke."

Auf einmal verschwand der brennende Schmerz wegen der Verbannung vom Vorabend, und alles auf der Welt war richtig und gut.

Bridgett schlüpfte aus ihrem weißen Bademantel, stieg in das fellgesäumte Kleid und zog es an den Schultern und der Taille zurecht. Es war mit Kristallen besetzt, die im Licht funkelten.

Dann wuselten die Designerin und ihre Assistentin wie Heinzelmännchen um Bridgett herum, zupften hier zurecht, knöpften da zu, halfen Bridgett in die Schuhe und überreichten Ginger zum Schluss den Schleier.

„Ob du so freundlich wärst?", fragte ihre Mutter.

Ginger stieg auf einen Hocker, fixierte den Kamm am Ansatz von Bridgetts seidener Haarkrone und drapierte den Gesichtsschleier.

„Oh mein lieber Schatz ..." Mrs. Maynard schlug sich die Hände vor den Mund und scherte sich nicht darum, dass ihre Tränen ihr Make-up in Streifen zerrinnen ließen. „Du siehst wunderschön aus, einfach wunderschön."

„Eric werden die Augen aus dem Kopf fallen", sagte Miranda.

Bridgett glitt durch den Raum zum großen Spiegel und seufzte. „Genau wie ich es mir immer erträumt habe." Sie wandte sich Ginger zu. „Ich wusste, dass du mich schön machen würdest."

„Ich glaube, darum hat sich Mutter Natur schon gekümmert."

Bridgett war die perfekte Braut, die hübscheste, die Ginger je gesehen hatte. Und jetzt, wo ihr Auftrag ausgeführt war, merkte sie, wie sie sich wieder aus ihrer Kommandozone herausbewegte, hin zum Wunschbrunnen, wo sie sich danach sehnte, Teil der Schönen und Selbstbewussten zu sein.

Aber sie würde nie eine Braut sein, und schon gar nicht so eine wie Bridgett. Ginger schlüpfte aus dem Atrium hinaus auf den Balkon, lehnte sich gegen das Geländer, atmete tief durch und schluckte diese Wahrheit.

Ginger sah sich den Empfang von der Tür des herrschaftlichen Ballsaals aus an. Hier war sie abseits der Gäste und der Fotografen, die sich in den Schatten am Rande des opulenten Saals mit seiner Stuckdecke und den importierten Bodenfliesen versteckten und immer nur kurz daraus hervortraten.

Die Gäste dinierten im Schein des handgearbeiteten Waterford-Lüsters, der das Licht wie goldene Zepter in den Raum strahlte.

Kerzenflammen flackerten auf den mit schwerem Leinen bedeckten Tischen, die poliertes Silber und speziell für die Familie hergestelltes Porzellan trugen. In der gegenüberliegenden Ecke des Raumes prasselte ein Feuer in dem von Flussgestein gesäumten offenen Kamin.

Das Aroma von Hochrippensteak und gebratener Ente lag noch in der Luft, als der Trauzeuge und die Trauzeugin auf Braut und Bräutigam anstießen. Während die Gäste jubelten und klirrend Silber gegen

Kristallgläser geklopft wurde, küsste Eric seine Braut und die Band fing an, ein Lied von Glenn Miller zu spielen.

Und unversehens war die Tanzfläche voller tanzender Leute.

Ginger seufzte. Jede Frisur, die sie heute geformt hatte, behielt ihre perfekte Form. Natürlich ...

Zufrieden und stolz auf ihren gut ausgeführten Auftrag fragte sie sich, ob sie nicht einfach nach Hause fahren sollte. Es wurde allmählich spät und sie war müde. Und trotz ihres Erfolgs mit den Großmüttern, Müttern, Tanten und Brautjungfern fühlte sie sich ein wenig fehl am Platz und einsam.

„Hey."

Ginger schaute sich um und entdeckte Tom. „Hey."

„Hast du Spaß?"

„Logisch."

Tom lehnte sich gegen die andere Seite des Türrahmens. „Es heißt, Bridgetts Stylistin sei nicht weniger als ein Wunderkind. Du hast das Beste in ihr zutage gefördert. Und nicht nur bei ihr, bei allen."

Bridgett war ein Wahnsinnsanblick. Sie hatte sich für die Feier am Abend umgezogen und trug nun ein schlichtes weißes Satinkleid mit einem weißen, winterlichen Überwurf. Eric sog ihren Anblick mit solcher Ehrerbietung und solcher Begierde in sich auf, dass Ginger sich das nur einen Augenblick lang ansehen konnte, bevor sie das Gefühl überkam, seine intimen, geheimen Gefühle anzustarren wie ein Voyeur.

Seufzend schob sie ihre Hand in ihre Hüfttasche. Sie wünschte sich so sehr, dass nur einmal ein Mann sie mit solcher Verehrung anschauen würde. Mit solcher Liebe. Dass nur einmal einer sie so in den Arm nehmen und sie über den Tanzboden führen würde.

Sie tanzte für ihr Leben gerne. Oder jedenfalls glaubte sie das. Sie war noch nie auf einer Tanzfläche gewesen.

„Übrigens, als ich ihm seinen Hafer gegeben habe, hat Clyde mir gesagt, ich soll dir schöne Grüße bestellen."

Sie lachte schnaubend. Schnell bedeckte sie ihre Lippen mit ihren Fingern. Er kriegte sie doch allzu leicht. „Gruß zurück."

„Er hat gemeint, er würde dich gerne einmal zu einem Ausritt mitnehmen."

„Wie nett von ihm. Aber Pferde sind echt nicht so meins."

„Echt nicht?" In seiner Stimme lag ein Lächeln.

„Nein." Sie versuchte, lustig und sexy zu klingen, aber ihre flache Atmung ließ ihre Stimme dünn und schwach ertönen.

„Tanzt du gerne?"

„Ich habe früher immerzu Tanzfilme angeschaut. Mama hat sie für mich beim Blockbuster ausgeliehen." Ginger richtete sich auf und kniff die Lippen zusammen. *Hey, jetzt bloß keine Geheimnisse verraten.*

„Aber hast du denn schon einmal getanzt? Auf einer Tanzfläche? Mit einem Mann?"

„Ist das wichtig?" Sie schaute Tom an, zögerte, nahm all ihren Mut zusammen und zog dann den Ärmel ihrer

Bluse hoch, was die grobe Oberfläche ihres Armes zum Vorschein brachte. Sie wagte es nicht, ihre Körperseite oder ihren Rücken zu zeigen. Das hier würde reichen, um ihn abzuschrecken, ihn anzuekeln. „Mit dem hier will niemand tanzen."

„Du scheinst ganz gut zu wissen, was andere denken, ohne sie überhaupt danach gefragt zu haben." Er versuchte, ihre Hand zu erwischen, aber sie war zu schnell.

„Ich brauche nicht zu wissen, was sie denken." Sie schüttelte ihren Arm. „Das hier ist hässlich, das berührt man nicht gerne." Sie bereute bereits, was sie getan, dass sie sich ihm so gezeigt hatte. Ehrlich, es wurde Zeit, dass sie ins Auto stieg und wegfuhr. In den vergangenen Tagen hatte Tom Wells sein Licht in ihr Herz leuchten lassen, und sie war beinahe bereit, ihm ihre dunkelsten, tiefsten Ecken zu zeigen. „Ich bin ein Monster."

„Ginger, wir sind alle Monster. Wir sind alle vernarbt. Deshalb ist Jesus gekommen. Das ist der Grund, warum er für uns gestorben und auferstanden ist."

„Ja, klar, das ist genau das, was eine Frau hören will, die sich gerade offenbart hat. Eine Predigt. Heb dir das für Sonntag auf, Tom." Sie hob die Handfläche. „Ich bin nicht interessiert."

„Ehrlich, deine Narben kümmern mich nicht." Sanft nahm er ihre Hand in seine und begann dann, während er ihr immer noch in die Augen sah, die Male auf ihrer Hand und ihrem Handgelenk sacht nachzufahren.

„Hör auf. Lass los." Sie versuchte, ihm die Hand zu entziehen, aber er hielt sie fest. „Tom, nicht ..."

„Deine Narben kümmern mich nicht." Er fasste ihre Hand noch ein bisschen fester und ließ seine Finger über die raue Oberfläche ihres Arms gleiten.

„Hör auf ... bitte." Ihr ganzer Körper bebte, erschütterte sie bis ins Mark.

Die Musik wechselte, verlangsamte sich zu den leisen, sanften Tönen von „Moon River".

„Wie ist das passiert?" Er drehte ihren Arm um, was die zarte, aber verletzte Unterseite zutage brachte, und fuhr mit seinen Fingern sachte, so sachte über die runzeligen Erhebungen. „Ich habe nie danach gefragt. Du hast es mir nie erzählt."

„Dieses ... schrottige ... Wohnmobil ..." Jedes Streicheln seiner Hand nahm ihr den Atem. Wieder versuchte sie, ihm die Hand zu entziehen, aber ihr fehlten sowohl die Kraft als auch der Wille, ohne seine Berührung auszukommen.

Ein Kribbeln kroch ihr über den Arm, über die Schulter und von dort ihren Rücken hinunter. Zufriedenheit machte sich in ihr breit.

Sie war noch nie von einem Mann berührt worden. Niemals hatte sie solch ein Gefühl gehabt.

„Du hast in einem Wohnmobil gelebt?"

„Nördlich der Stadt, neben dem Highway 29. Die Elektrik war kaputt, die Eichhörnchen hatten sie angenagt." Sie sollte ihren Arm wegziehen, bevor sie zu einem Häufchen Elend zu seinen Füßen zusammensank. Ob ihm klar war, was er mit ihr machte?

Sie schluckte, holte tief Luft. „Es fing Feuer ... Ich

habe geschlafen. Mama ... war ausgegangen, nachdem ich zu Bett gegangen war. Ich habe immer wieder nach ihr gerufen, aber sie hat nicht geantwortet. Ich habe geglaubt, sie sei tot. Ich musste sie finden, aber der einzige Ausweg aus meinem Zimmer war durch die Flammen zu rennen ... Mein Nachthemd hat Feuer gefangen."

„Das hat sehr viel Mut gekostet." Er hielt ihre Hände so, dass sich ihre Handflächen berührten, und verschränkte seine Finger mit ihren. „Diese Narben machen dich nicht zu einem Monster. Sie sind nicht hässlich."

„Weil du nicht jeden Tag damit leben musst. Du siehst die Blicke nicht, hörst nicht das Geflüster. ‚Oh, ist es nicht furchtbar schade?' – ‚Doch, doch, ganz schlimm.'"

„Vielleicht überrascht es sie, dass eine Frau, die so sichtbare Narben hat, gleichzeitig so wunderschön sein kann." In seiner leisen Stimme lag eine Intimität, die ihre Seele mit der gleichen Trunkenheit füllte wie seine Berührung.

„Hör auf, Tom." Sie löste sich von ihm und rollte ihren Ärmel herunter. „Du bist Pastor. Du solltest keine unwahren Sachen sagen." Gäste kamen aus dem Ballsaal heraus, also schloss sich Ginger ihnen an und wandte sich dem Foyer zu. Es war Zeit zu gehen.

„Was ist nicht wahr?" Angestrengt und entschlossen folgte Tom ihr.

„Dass ich schön bin."

„Aber das bist du, Ginger." Er hakte sich bei ihr unter. „Möchtest du tanzen?"

„Nein. Du brauchst nicht so zu tun, als seist du an mir interessiert. Du brauchst nicht nett zu sein." Weil es ihr lieber war, wenn die Leute *Oh, wie schade* riefen, als herausfinden zu müssen, dass Tom einfach nur ein *netter Kerl* war.

„Was, wenn ich nicht so tue als ob?"

„So tust, als ob du nett wärst?"

„Wenn ich nicht bloß so tue, als wenn ich interessiert sei."

Ginger ließ sich halb im Licht, halb im Schatten gegen die Wand fallen und verschränkte die Arme. „Nachdem du mir gebeichtet hast, dass meine Mutter ihren Teil zum Fall deines Vaters beigetragen hat? Wie könntest du da an mir interessiert sein? Was würde Edward denken?"

„Wen kümmert das? Mich nicht. Ich mag dich. Ich denke, wir könnten ... Freunde sein." Auf dem Wort „Freunde" lag eine eigenartige Betonung. „Ginger, das hier ist eine Hochzeit. Komm schon, ein Tanz."

Sie zeigte auf seinen Smoking und auf die Paare, die ihnen im Flur entgegenkamen. „Der Dresscode verlangt Abendbekleidung. Ich trage Jeans."

„Meinst du, das kümmert jemanden?"

„Ja, das glaube ich schon. Mrs. Maynard zum Beispiel. Ein Governeur, zwei Senatoren und ein Zeitungsverleger sind hier. Und eine ganze Wagenladung Fotografen."

„Und wenn schon?" Er schob seine Hand in ihre und die glimmende Glut seiner Berührung flammte wieder auf.

„Hörst du eigentlich überhaupt irgendwann mal zu?" Ihre Augen füllten sich mit Tränen. Er zwang sie dazu, es auszusprechen. „Ich bin nicht eine von *denen*. Eine von euch." Sie entzog ihm ihre Hand. „Ich muss los." Sie musste zurück in ihr Leben und ihre Welt, wo alles bequem war. Wo ihre Grenzen klar gezogen waren.

„Warum willst du dir das Leben aus dem Schatten heraus anschauen?"

„Ist dir je in den Sinn gekommen, dass ich die Schatten vielleicht mögen könnte?"

„Ist dir je in den Sinn gekommen, dass du zu so viel mehr geschaffen wurdest?"

Sie starrte ihn an. Ihr Inneres war wie eine zischende, Funken sprühende Stange Dynamit. Es hatte eine Zeit gegeben, in der sie gedacht hatte, sie wäre zu mehr geschaffen. Sie hatte nach größeren Dingen gestrebt, als sie mit Tracie auf Tour gewesen war. Aber ...

„Hab noch einen schönen Abend, Tom. Viel Glück mit deiner Gemeinde." Ginger eilte den Korridor hinunter. Sie musste dem Haus entkommen, musste all der Liebe und dem Glück im Ballsaal entkommen, musste vor allem *Tom* entkommen.

Doch der folgte ihr durch den Flur, vorbei an der geschäftigen Küche, wo es warm war und die Aromen von gebratenem Fleisch und frisch gebackenem Brot in der Luft hingen, durch den großen Raum hindurch in das hohe Foyer mit der Freitreppe.

„Ginger, bitte, nur ein Tanz."

Und damit riskieren, dass ihr Herz eine Bruchlandung hinlegte? Sie zerrte die Tür des Foyers auf und sog die herrliche Luft der Freiheit ein. „Gute Nacht, Tom."

Kapitel 8

Am Mittwoch waren Wärme und Sonnenschein ins südliche Alabama zurückgekehrt und Ginger hatte wieder in ihre Wochenroutine hineingefunden – hellblau getönte Frisuren waschen und legen, dazu das Geschnatter von Ruby-Jane, Michele und Casey.

Fast hätte sie diesen eigenartigen Schneetag, das seltsame Hochzeitswochenende und Tom Wells junior mit seinen prüfenden, knallblauen Augen und den berauschenden, zärtlichen Berührungen vergessen können.

Schon die Erinnerung daran, wie seine Finger über ihren Arm geglitten waren, ließ sie zittern.

„Ist dir kalt?", fragte Ruby-Jane, die mit einem Arm sauberer Handtücher vorbeikam.

„Was? Nein. Ich liebe diese warmen Temperaturen." Ginger sorgte für den letzten Schliff an Mrs. Darnells kurzem, auftoupiertem Haar.

Dieser verflixte Tom Wells. Sie würde noch nach Ladenschluss ihren eigenen Kopf in eins ihrer Waschbecken stecken und sich den Kerl aus den Haaren waschen müssen.

„Aalso ..." Ruby-Jane stand mitten im Salon. „Mittwoch. Mitte der Woche. Was macht ihr denn heute Abend, alle zusammen? Wollt ihr mal das neue Burger-Restaurant neben dem Einkaufszentrum ausprobieren?"

„Ich nicht", sagte Michele, die ihre Trinkgelder zählte. „Wir haben heute Abend Basketball."

„Ich bin in der Gemeinde", sagte Casey.

„Ginger? Was ist mit dir?"

Sie warf im Spiegel einen flüchtigen Blick auf Ruby-Jane. „Ich habe schon was vor. Falls du nach einer Beschäftigung suchst, könntest du den Salon zu Ende streichen."

Mit der einen langen Wand in ihrem neuen Anstrich in rosa-beige und den anderen in ihrem althergebrachten erbsengrün wirkte der Raum ziemlich eigenartig.

„Ha, ganz bestimmt nicht. Wenn du willst, helfe ich dir, aber alleine werde ich nicht hierbleiben."

„Würde ich ja machen, aber ich muss mich um etwas kümmern." Ginger übernahm das Ruder in der Unterhaltung, sprach mit den anderen die Termine für Donnerstag durch und überlegte mit ihren Stylistinnen, was an Material nachbestellt werden musste.

Dann schloss sie den Laden, holte bei Wong-Chow chinesisches Essen zum Mitnehmen und fuhr durch die Stadt zur Mountain-Brook-Wohnanlage, während die winterliche Sonne sich hinter den Horizont zurückzog.

Ginger rollte in eine Parklücke vor Mamas Wohnung, die im ersten Stock lag, sammelte die Tüten mit dem Essen ein und trabte die Treppen hinauf.

„Hallo, Süße", sagte Mama lächelnd und atmete genüsslich die Essensgerüche ein, als Ginger eintrat. „Ich war ganz überrascht, als du angerufen hast."

„Na, wir haben uns ja länger nicht gesehen." Ginger zog ihren Pulli aus und zupfte gleich darauf den langen Trompetenärmel ihres Oberteils zurecht, während sie sich in der kleinen, entzückenden Wohnung umsah, die ganz gemäß Mamas künstlerischer Ader eingerichtet war.

„Ich habe gehört, die Hochzeit sei schön gewesen." Mama stellte den gebratenen Reis auf dem Esstisch ab, während Ginger in den Schränken nach Tellern suchte. „Nimm einfach Pappteller. Die sind im Schrank neben der Spüle."

Ginger stellte die Teller auf den Tisch. „Bridgett war eine wunderschöne Braut. Aber das hat auch niemand bezweifelt."

„Hattest du eine schöne Zeit?"

Sie zuckte die Achseln und holte Servietten und Essstäbchen aus der Tüte. „Es war halt ein Auftrag."

„Hat er dir vielleicht ein paar Flöhe ins Ohr gesetzt, der Auftrag?" Mama wackelte mit den Augenbrauen und vollführte ein kleines Tänzchen. „Vielleicht ... so was wie deine eigene Hochzeit?"

„Wohl kaum."

„Und warum nicht? Du bist schlau, erfolgreich ... *hü-hübsch*."

So sagte Mama das immer. *Hü-hübsch*. Stotternd. Zögernd. Als ob sie sich Mühe geben müsste, um ihre eigene Aussage zu glauben.

„Ehrlich gesagt bin ich nicht hergekommen, um über mich zu reden." Ginger setzte sich an den Tisch und griff nach dem Rindfleisch mit Brokkoli. „Wusstest du, dass Tom Wells in der Stadt ist? Und eine Gemeinde gründet?"

„Was?" Mama wurde schlagartig blass, kaschierte es aber, indem sie wieder aufsprang. „Ich habe den Eistee vergessen. Ich habe heute Nachmittag welchen gemacht."

„Tom junior, Mama. Nicht senior."

Ihr Rücken richtete sich auf, und die Karaffe mit dem Tee schwankte bedenklich. „Der Junge, der dich vor all den Jahren versetzt hat?"

„Mama, ich weiß Bescheid."

„Bescheid worüber?" Hoch erhobenen Hauptes, aber mit gesenktem Blick kam sie an den Tisch zurück. „Och nein, ich habe das Eis vergessen. Gib mir deinen Becher."

Ginger legte ihre Hand auf die ihrer Mutter. „Über dich und Mr. Tom Wells senior."

Mama befreite ihre Hand aus Gingers Griff. „Wovon in aller Welt redest du da?" Sie presste die Becher unter die Eiswürfelausgabe. „Diese Stadt ist wirklich ein unfassbarer Nährboden für Gerüchte."

„Offenbar nicht, Mama. Ich habe vorher nie ein Wort über dich und Pastor Wells gehört. Stimmt es denn? Bist du der Grund, warum er die Stadt verlassen hat?"

Mama lehnte die Stirn gegen den Kühlschrank und füllte die Becher bis zum Rand mit Eiswürfeln. „Ganz sicher nicht. Wer hat dir denn so eine irre Geschichte erzählt?" Sie kam zurück zum Tisch, setzte sich mit einem Grunzen und schob sich ihr kinnlanges kupferfarbenes Haar hinter die Ohren.

„Edward Frizz. Tom hat es bestätigt."

„Einfach so?" Mama füllte sich mehr Reis auf den Teller, als sie je essen würde. „Sind die etwa ausgerechnet bei Bridgett Maynards Hochzeit zu dir gekommen und haben gesagt: ‚Hey, deine Mama hat Pastor Wells aus der Stadt vertrieben'? Um Himmels willen, das ist zwölf Jahre her. Manche Leute müssen echt lernen, die Vergangenheit vergangen sein zu lassen." Ihre Hände zitterten, als sie fast die ganze Portion Mugu Gai Pan über ihren Reis kippte.

„Hast du ernsthaft vor, das ganze Mugu zu essen?"

„Ach, siehst du, das kommt davon." Mama schaufelte einen Teil davon zurück in den Behälter. „Ginger, ich weiß nicht, was ..."

„Stimmt es? Du und Pastor Wells?"

Mit glitzernden Augen stellte Mama die Schachtel ab. Sie starrte schniefend in Richtung der hell erleuchteten Küche und fuhr sich mit den Fingern durch die Haare. „Du solltest das nie erfahren."

„Warum nicht?"

„Wie um alles in der Welt hat Edward Frizz das herausgefunden?"

„Ich weiß nicht, woher Edward es weiß. Aber Tom weiß es natürlich. Sein Vater hat ihm die ganze Geschichte erzählt, als er beschlossen hat, wieder nach Rosebud zurückzukehren. Tom gründet diese neue Gemeinde."

„Ich nehme an ... also Toms Vater hat ihm davon erzählt? Hat er ihn gewarnt?" Mamas Augen funkelten wild und rebellisch. „Dass er von den Winters-Frauen Abstand halten soll?"

„Wer weiß? Vielleicht." Gingers Magen knurrte, forderte Essen, stieß den Klumpen, der sich da gerade bildete, als nicht genießbar ab. Tom hielt sich ganz sicher nicht an die Warnung seines Vaters. „Hattet ihr eine Affäre?"

„Nein! Nein!" Mama öffnete die Verpackung mit den Essstäbchen und rührte ihr Hühnchen unter eine Portion Reis. Sie aß aber nicht. „Erinnerst du dich an Parker Fox?"

„Ich glaube schon. War das nicht der Banker, mit dem du ausgegangen bist?"

„Ich hatte geglaubt, ich hätte endlich einen Guten gefunden, weißt du? Er hat dich geliebt."

„Wenn du das sagst." Keiner von Mamas Freunden hatte Ginger je geliebt.

„Er war kein Trinker, nahm keine Drogen. Er wollte ein schönes Familienleben in der Vorstadt. Genau wie ich, als ich deinen Daddy geheiratet habe."

„Also, was ist dann passiert?" Ginger schob sich eine Gabel mit Reis und Fleisch in den Mund. Sie wünschte sich mit aller Kraft, dass bei diesem Gespräch die Wahrheit ans Licht käme. Dass alte Wunden heilen könnten.

„Er hat mich nach deinen Narben gefragt."

Ginger legte ihre Gabel ab und wischte sich den Mund. „Wollte er keine Stieftochter mit so hässlichen Narben?"

„Nein, Ginger. Warum nimmst du denn immer gleich das Schlimmste an?"

„Weil es normalerweise stimmt."

„Er wollte wissen, was passiert war. Also habe ich es ihm erzählt. Er war schockiert. Erst einmal darüber, dass du in einem brennenden Wohnmobil gefangen warst, aber vor allem darüber, dass ich dich alleine gelassen hatte. Ich habe ihm gesagt, dass du zwölf warst und dass ich nur ins Wet-Your-Whistle runtergegangen war, um mit einem Arbeitskollegen einen Burger zu essen und ein Bier zu trinken. Das war zu viel für ihn, da wollte er nicht mehr." Mama schnippte mit den Fingern. „Er fand, ich sei keine geeignete Mutter für die Kinder, die wir vielleicht zusammen hätten haben können."

Ginger schob das Essen auf ihrem Teller herum. „Das tut mir leid, Mama." Aber irgendwo verstand sie Mr. Fox auch ein bisschen.

„Ich war ziemlich im Eimer. Ich habe Alpträume gehabt, in denen du in einem Brand gefangen warst. Nur konnte ich dich nie retten. Ich bin dann völlig panisch aufgewacht und habe gezittert wie ein kleiner Hund im Regen."

„Wo war ich da? Warum weiß ich davon nichts?"

„Du warst 16 und hast versucht, dein Leben auf die Reihe zu kriegen. Es wäre nicht angebracht gewesen, wenn ich meine Last auf dich abgewälzt hätte."

„Aber wir wollten doch die *Gilmore Girls* sein. Beste Freundinnen und so weiter." In ihrer Anwort klang ein wenig Sarkasmus durch, was sie verabscheute.

„Werde nicht unverschämt, junge Dame. Egal, das war jedenfalls so um den Dreh, als wir dann angefangen haben, zur Kirche zu gehen."

„Und hast du was mit Pastor Wells angefangen?"

„Ich habe gar nichts mit ihm angefangen. Ich habe wohl angefangen, mich zu fragen, ob diese ganze Sache mit Gott etwas sein könnte, was ich brauche. Was wir brauchen. Ich hatte ein paar Fragen, und Pastor Wells war damit einverstanden, sich mit mir zu Gesprächen darüber zu treffen. Dabei haben wir entdeckt, dass wir beide die Natur und die Kunst mochten. Er hat mir ein Buch über John Audubon geliehen. Ich habe ihm ein paar von meinen Skizzen gezeigt. Habe angefangen, dienstags vor der Arbeit zur Frauenbibelstunde zu gehen und kurz in seinem Büro vorbeizuschauen, bevor ich wieder ging." Mama schaute auf. „Er war so freundlich, weißt du? Er hat mir wirklich zugehört. Kein Mann vorher, nicht einmal Parker Fox, hat mir je richtig zugehört."

„Also hattest du eine Affäre? Mit einem verheirateten Mann Gottes?" Ginger erschauerte. Nachdem sie das Feuer durchlebt hatte, hatte sie eine Todesangst vor der Hölle. Und vor dem Gott, der sie dorthin schicken könnte, falls Er denn existierte. Egal, ob echt oder nur ausgedacht, sie versuchte um jeden Preis zu vermeiden, dass Gott sie auf dem Kieker hatte. Mit Seinen Männern zu spielen, war also auf jeden Fall tabu.

Noch ein Grund mehr, Tom Wells junior aus dem Weg zu gehen.

„Wir hatten keine Affäre." Mama schnappte sich ihr Glas und nahm einen großen Schluck Eistee. „Aber ich war dabei, ihm zu verfallen. Ich habe gemerkt, dass ich die ganze Zeit an ihn dachte." Sie legte sich die Hand auf ihr Herz. „Er hat angefangen, mehr hier drin zu wohnen, als er es sollte. Ich war dabei, mich zu verlieben ... Also habe ich es jemandem erzählt."

„Wem?"

„Der Leiterin der Frauenbibelstunde, Janelle Holden."

Ginger hatte durch den Salon einiges an Erfahrung mit Kirchenfrauen. Für den Pastor zu schwärmen war ein dickes, fettes „Geht-gar-nicht!".

„Warum hast du es denn der erzählt? Warum nicht Tante Carol oder deiner Freundin Kathleen?"

„Weil Janelle gesagt hatte, sie sei dazu da, uns zu helfen, uns zu Jesus zu führen. Ha, was für ein Bockmist. Sie war von einer Freundin zu einer Feindin geworden, noch bevor ich meinen ersten Satz zu Ende gesprochen hatte. Das Nächste, was ich weiß, ist, dass ich vor einem Ältestenrat sitze und die ganze Geschichte beichte, ohne auch nur einen Moment lang die Gelegenheit zu bekommen, Tom zu verteidigen oder unter vier Augen mit ihm zu sprechen. Er hat nichts Falsches gemacht, Ginger. Er war einfach nur freundlich und nett. Vielleicht ein bisschen zu freundlich und nett.

Ich weiß nicht, wie sie es geschafft haben, ihn zum Gehen zu bewegen, aber ich war jedenfalls nicht überrascht, als ich herausgefunden habe, dass Robert Holden der neue Pastor sein würde." Mama seufzte. „Ich war so dumm und naiv. Noch dazu mit 37. Ich habe gedacht, ich würde gerne gerettet werden, dass ich Jesus gerne die Chance geben würde, mich doch in Ordnung zu bringen. Dass Er dir vielleicht auch helfen könnte."

„Sich in einen verheirateten Pfarrer zu verlieben, ist nicht gerade der optimale Weg, sich wieder in Ordnung bringen zu lassen. Hat er gesagt, dass er dich liebt?"

„Nein, nie." Mamas Augen waren tränennass, als sie ihren Blick auf die Rauputzdecke richtete. „Aber er hat Anzeichen an den Tag gelegt, dass er vielleicht interessiert sein könnte. Ich habe gedacht, er könnte vielleicht Gefühle für mich haben."

„Mama, er war verheiratet."

„Ja, Ginger, das weiß ich doch, um Himmels willen." Mama knallte ihr Glas auf die Platte. „Glaubst du vielleicht, ich wollte mich gerne in einen verheirateten Mann verlieben? Selbst wenn er je zu haben gewesen wäre, hätte es Skandale und Tratsch gegeben, aber ich habe ..."

„Du hast dir Hoffnungen gemacht?"

„Ja". Sie sah Ginger wutentbrannt an. „Und was ist dabei? Hatte ich nicht das Recht auf einen guten Mann? Auf einen, der sich kümmert, der mir zuhört, mich versteht?"

„Nicht wenn der mit einer anderen Frau verheiratet ist. Wie kommt es, dass ich nichts davon wusste? Wie kommt es, dass das nicht in der Schule die Runde gemacht hat? Einer der beliebtesten Jungs, ein Footballstar, macht in einer Nacht- und Nebelaktion die Biege, und ich bekomme von dem Ganzen nichts mit?"

„Ich habe mich damit einverstanden erklärt, das Schweigen zu wahren, wenn sie um deinetwillen meinen Namen aus der Sache rausließen. Alle schienen sich viel mehr Gedanken über Tom senior zu machen und darüber, was es für sein Leben bedeutete, als um mich. Ich bin mir sicher, dass Janelle getratscht hätte, wenn Tom nicht zurückgetreten und gegangen wäre. Sie hat sich nicht um mich geschert. Ihr ging es nur darum, Tom aus der Position heraus- und ihren Mann hineinzubekommen."

„Dann muss er doch Gefühle für dich gehabt haben. Ich meine, um auf die Art und Weise abzuhauen, wie er es dann getan hat."

„Ich weiß es nicht. Wir haben nie wieder miteinander geredet. Aber ich habe gehört, es soll noch andere Probleme mit der Gemeinde gegeben haben, wohl auch mit seiner Frau, und ich sei nur das Tüpfelchen auf dem i gewesen." Mama zuckte mit den Schultern. Sie schwenkte ihren Tee und die Eiswürfel klackerten leise im Becher. „Wer weiß schon, was wirklich stimmt?"

„Das ist also der Grund, warum wir hinterher nie wieder zur Kirche gegangen sind?"

„Ich habe gedacht, sie würden mir die Haare auf dem Kopf scheren und Asche übers Haupt streuen oder so etwas." Sie schüttelte den Kopf. „Und ich war ziemlich sicher, dass Gott die Frau, die Seinen Mann zum Kündigen gebracht hatte, nicht mehr in seiner Kirche sehen wollte."

„Hat es dir wenigstens leidgetan?"

„Leidgetan? Ich war durcheinander. Und der arme Tom. Mir kam das Ganze so unnötig vor. Alles wegen einer so harmlosen Geschichte."

„Warum hast du es mir nicht erzählt? Du wusstest doch, wie traurig ich war, weil Tom junior ohne ein Wort einfach verschwunden ist."

„Weil ich mir so dumm vorgekommen bin." Sie schob ihren Teller von sich weg und wölbte ihre Hände um ihren Teebecher. „Ich hatte meinen Freund Tom und meine Frauengruppe verloren. Ich hätte es nicht gebrauchen können, wenn du mich noch mehr verabscheut hättest, als du es ohnehin schon getan hast."

„Ich habe dich nicht verabscheut."

„Egal ... jedenfalls weißt du es jetzt." Mama klatschte mit der flachen Hand auf die Tischplatte. „Bist du jetzt stolz auf mich? Ach, wem mache ich etwas vor? Es ist doch immer das Gleiche. Wo war ich in der Brandnacht? Wo war ich in deinen Teenagerjahren?"

„Können wir das Thema bitte nicht wieder hervorkramen?" Ginger hatte den größten Teil ihrer Jugend und ihrer Zwanziger damit verbracht, die Vergangenheit zu vergessen. Sie hatte versucht, ihre Zukunft mitsamt ihrer Handicaps zu gestalten.

„Ich fürchte, da kommen wir kaum drum herum. Jetzt hast du wenigstens einen weiteren Beweis dafür, dass ich dich im Stich gelassen habe."

„Mama." *Seufz.* „Du hast mich nicht im Stich gelassen." Ginger wollte, dass sich ihre Zusicherung wahr anhörte, auch wenn sie selbst nicht daran glaubte. Nicht völlig.

„Schau dich doch an. Dein Arm und deine Seite sind ganz vernarbt, dein Rücken auch, und dann ist da diese schluderig transplantierte Haut an deinem Hals. Das kommt eben bei staatlich finanzierten Behandlungen heraus. Und dabei hast du eine sexy Figur. Aber kannst du damit angeben? Am See unten einen hübschen Bikini tragen? Nein!"

„Hör auf, Mama. Ich brauche keine Bestandsaufnahme. Ich sehe mich jeden Morgen in der Dusche. Können wir über etwas anderes reden? Wie ist dein Mugu?"

„Kalt." Mama nahm ihren Teller in die Hand, um ihn in die Mikrowelle zu stellen. „Was läuft da zwischen dir und Tom junior?"

„Nichts." Eine milde Wärme kroch über Gingers Wangen. Wenigstens besaß sie den Schatz der Erinnerung an seine Berührung.

„Bist du sicher?" Mamas Tonfall wurde leichter, ihre Worte bekamen einen neckenden, singenden Klang. „Als junger Mann war er wirklich hübsch."

„Mama, bitte." Das bisschen Reis, das Ginger sich gerade in den Mund geschoben hatte, fühlte sich klebrig und trocken an. „Ich bin für ihn nicht besser, als du es für seinen Vater gewesen wärst. Selbst wenn Tom senior nicht verheiratet gewesen wäre.

Du hast dir ja nicht mal etwas daraus gemacht, deiner Tochter zu helfen, geschweige denn jemand anderem. Oder eine gläubige Frau zu sein. Wie hätte das funktionieren sollen?"

„Ich dachte, du wolltest nicht darüber reden, wie ich dich im Stich gelassen habe."

„Wollte ich nicht. Will ich nicht."

„Schau, Ginger, nur weil ich es mit Tom senior vergeigt habe, heißt das nicht, dass du seinen Sohn nicht mögen darfst. Wenn da etwas zwischen euch beiden ist, dann ..."

„Ist es etwa schon sieben Uhr?" Ginger rückte vom Tisch weg und kippte ihren letzten Schluck Tee hinunter. „Ich muss los. Die Buchhaltung wartet."

„Verleugne nicht, was dein Herz wirklich will."

Sie schnappte sich ihre Handtasche, eine Clutch von Hermès Birkin, die Tracie ihr geschenkt hatte. Prominente zu stylen hatte seine Vorteile. „Ich verleugne mein Herz nicht. Tom Wells ist nichts für mich."

Wenn sie es oft genug sagte, würde ihr Herz es irgendwann glauben.

„Hör mir zu." Mama packte sie bei den Schultern. Das war die einzige Berührung, die Ginger zuließ, ohne zurückzuzucken. „Ich habe die Sache mit deinem Daddy vermasselt, weil ich jung und stur war."

„Er hat dich verlassen, Mama."

„Aber er wollte zurückkommen und ich habe ihn nicht gelassen. Weil ich dachte, ich würde etwas Besseres wollen. Was ist dabei für mich rausgekommen? So viele Jahre später, und ich bin immer noch alleine."

„Nein, Mama. Du bist nicht alleine." Ginger zog sie in eine Umarmung und legte ihr Kinn auf ihrer Schulter ab. „Du hast mich."

„Und das ist ein echtes Geschenk." Mit glitzernden Augen trat Mama einen Schritt zurück. „Na dann los jetzt, kümmere dich um deine Buchhaltung. Wie geht es deiner süßen Wohnung?"

„Gut. Es gefällt mir, direkt über dem Salon zu wohnen."

„Danke für das Abendessen", sagte Mama.

„Danke für die Wahrheit."

Ginger ging über die Betontreppe hinunter zu ihrem Auto, warf ihre Tasche auf den Beifahrersitz und schaute zu dem blassen Licht hinauf, das vor der Tür ihrer Mutter leuchtete.

Heute Abend hatte sie einiges über ihr Herz herausgefunden. Sie schätzte Mama mehr, als ihr bewusst war.

Und sie hatte gelernt, dass man nie den gleichen Fehler zweimal machen sollte. Was einschloss, den falschen Mann zu lieben. Ginger malte ein *X* auf das Bild von Tom Wells, das in ihrer Seele herumschwebte. Er war jetzt offiziell tabu, ganz egal, wie sehr sie sich auch nach seiner sanften Berührung sehnte.

Am Donnerstagabend verließ Tom das Büro der *Rosebud Gazette* und atmete ziemlich zufrieden die milde Winterluft Alabamas ein. Sein Interview mit Riley Conrad war gut gelaufen.

Ihre Fragen waren anregend und interessant gewesen. Sie hatten gelacht und sich an altvertraute Traditionen in Rosebud erinnert, sich Namen und Gesichter von früher in Erinnerung gerufen. Auch seinen Vater.

„Kannst du es mir erzählen? Hat er die Stadt in Schande verlassen? Hat er eine Affäre gehabt?"

„Beide Fragen kann ich mit Nein beantworten. Er hatte einige Probleme, mit denen er sich auseinandersetzen musste.

Mit der Unterstützung meines Großvaters und meiner Mutter hat er seine Gemeinde hier abgegeben und eine Arbeitsstelle in Atlanta angetreten, in der er sehr erfolgreich war. Das hat genau die Ordnung in sein Leben gebracht, die er damals brauchte. Schau, Pastor zu sein muss keine Berufung auf Lebenszeit bedeuten. Mein Vater hatte das Ende dieses Lebensabschnitts erreicht."

„Aber es brauchte einen Anstoß von außen, damit er diese Veränderung vollzog."

„Braucht es das nicht bei fast allen? Du hast Rosebud verlassen, Riley. Warum bist du zurückgekommen?"

Sie grinste ihn verwegen an. „Anstoß von außen."

An der Ecke Main/Alabaster hielt Tom im Licht einer Straßenlaterne an. Rileys Artikel würde der Aufmacher der Sonntagszeitung sein und die Bewohner von Rosebud hoffentlich dazu bringen, seiner Kirche einen Besuch abzustatten.

Also, was nun? Tom schaute nach links, wo die Alabasterstraße sich zur Park Avenue hin schlängelte und im Mead Park endete. Rechts lagen die Main Street und die Innenstadt.

Sein Auto hatte er bei Sassy's Burgers geparkt, wo er diese Woche jeden Abend gegessen hatte. Die meisten Läden hatten am Donnerstag lange auf und ihr goldenes Licht fiel in großen Rechtecken auf den Gehweg.

Auch das von *Gingers Schnittchen*. Das Hauptfenster schimmerte im Glanz einer weißen Lichterkette. Ob sie dort war? Es war nach sieben. Tom berührte sein leicht gegeltes Haar und wünschte sich, er bräuchte einen

Haarschnitt. Wünschte sich, er hätte eine Ausrede, um im Laden vorbeizuschauen.

Aber brauchte er denn eine? Konnte er nicht einfach vorbeigehen und Hallo sagen? Er hatte Ginger doch gesagt, dass er ihr Freund sein wolle.

Er trat den Bordstein hinunter, huschte vor einem links abbiegenden Auto über die Straße, und näherte sich *Gingers Schnittchen* in langen Schritten.

Er fand die Eingangstür offen vor. Farbdämpfe lagen in der Luft.

„Na, da schau mal einer an, was die Katze da angeschleppt hat." Ruby-Jane entdeckte ihn zuerst. Tom machte einen zögernden Schritt über die Schwelle. „Was bringt dich denn an einem Donnerstagabend hierher, Pastor?"

„Ich war drüben ..." Er hielt inne, als Ginger mit einem Farbeimer und einer Farbwanne in der Hand aus dem Hinterzimmer kam. „Bei der Gazette."

Als sie ihn sah, hielt sie an. „Was machst du hier, Tom?"

„Ich wollte nur mal Hallo sagen. Also, ihr streicht wohl heute Abend?"

Ruby-Jane verschränkte schnaubend die Arme vor der Brust. „Ich schon. Die beiden anderen, Michele und Casey, müssen natürlich nicht ran."

„Lass gut sein, RJ. Du weißt genau, warum."

„Trotzdem ist es nicht fair. Nur weil die Familien haben."

Schweigend und ohne sich umzuschauen stellte Ginger ihre Farbwanne ab. „Wir können mit Reden Zeit verschwenden oder wir machen uns an die Arbeit und bringen es hinter uns."

Tom schlüpfte aus seiner Jacke und hängte sie über den nächsten Stuhl. „Kann ich helfen?"

„Nein", sagte Ginger. „Wir haben nur zwei Farbrollen."

Ruby-Jane lächelte ihm verschwörerisch zu. „Kein Problem. Er kann meine nehmen."

„Nein, kann er nicht." Ginger stand auf. Ihre Worte klangen eisenhart, in ihrem Blick lag ein stählernes Funkeln. „Hör auf zu quatschen und fang an zu arbeiten." Sie warf einen kurzen Blick zu Tom. „Ein Tipp: Stell nie deine Freunde dafür an, für dich zu arbeiten."

„Ich werde es mir merken." Er nickte und versuchte, ihren Blick zu halten. *Geht es dir gut?* Das indirekte Licht der Deckenbeleuchtung ließ ihr kastanienbraunes Haar leuchten und spiegelte sich in ihren braunen Augen.

Sie war atemberaubend. Aber er konnte sie ja nicht nur als Frau sehen, oder? Er musste sie als Tochter Gottes betrachten. Der Rat seines Großvaters war ihm die ganze Woche über nicht aus dem Kopf gegangen. „Wenn du sie liebst, gewinne sie für Jesus." Dazu das Flüstern des Herrn: „Sag ihr, sie ist schön!"

„Ich meine das schon so, wie ich es sage", sagte er. „Ich kann helfen."

„Schon in Ordnung, Tom." Ginger stemmte die große Farbdose hoch. Sie kleckerte etwas, als sie die Wanne füllte. „Wir machen das schon."

Tom machte einen raschen Schritt und griff nach dem Henkel, als sie versuchte, den Eimer abzustellen, ohne die Ecke der Farbwanne zu streifen.

Seine Finger berührten ihre. Als er sie ansah, entdeckte er, dass sie ihn anschaute. Sein Puls dröhnte in seinen Ohren. „Du … du kannst loslassen."

Sie zögerte und sagte dann: „Ruby-Jane und ich sind absolut in der Lage, diese Aufgabe zu erledigen."

„Ich habe ja auch nie behauptet, dass ihr das nicht seid. Aber – viele Hände, schnelles Ende."

„Hey, Ginger", sagte Ruby-Jane, die zu Tom ging und ihm ihre Rolle anbot. „Ich muss los. Daddy hat gerade angerufen, meine Mutter macht ein großes Abendessen für die ganze Familie." Ruby-Jane hielt ihr Telefon hoch, als wollte sie ihre Story beweisen. „Anscheinend ist mein Bruder gerade in die Stadt gekommen … Also, habt ihr beide das hier im Griff?"

„Welcher Bruder? Deine ganze Sippe wohnt doch hier in der Stadt." Ginger rügte Ruby-Jane mit strengem Gesicht und einem entschlossenen Ruck ihres Kinns. „RJ, du kannst jetzt nicht weg hier."

„Die Familie geht vor. Außerdem bin ich deine Angestellte, nicht deine Leibeigene. Tom, ich ernenne dich hiermit zu meiner Vertretung." Tom griff nach dem langen Stiel. „Mach mich stolz." Ruby-Jane schlich sich Richtung Ausgang. „Wir sehen uns dann morgen früh, Ginger."

„RJ? RJ, warte mal!" Ginger jagte sie bis ins Hinterzimmer, aber ohne Erfolg. Als sie zurückkam, nahm sie ihre Farbrolle in die Hand und klatschte sie gegen die Wand. „... Bruder, der gerade in die Stadt gekommen ist, ja klar."

„Sie scheint zu denken, wir sollten ein bisschen Zeit alleine verbringen."

Ginger rollte, rollte, rollte die Farbe auf die Wand. „Nichts für ungut, aber ich habe am letzten Wochenende echt genug Zeit mit dir verbracht."

„Alles gut. Also, wo kann ich Musik anmachen? Lass uns den Laden hier streichen und schön machen."

Kapitel 9

Sie wollte gleichgültig sein. Sollte er doch machen, was er wollte. Sie wollte vergessen, dass Tom Wells in ihrem Laden war und zu der Musik von seinem iPhone sang, das er an die Anlage des Salons angeschlossen hatte.

Sie wollte einfach nur streichen, fertig werden, in ihre Wohnung hochgehen und ihre Sinne von Toms seifigem Duft befreien.

„Wie sieht das aus?" Tom zeigte auf das Stück, das er bisher bearbeitet hatte, ganz oben an der Wand, gleich unter der Decke.

„Super." Sie zeigte ihm einen erhobenen Daumen und machte sich dann wieder über ihren Teil der Wand her.

Ehrlich gesagt irritierte er sie. Warum war er hier? Was wollte er von ihr? Warum meldete er sich freiwillig dafür, den halsbrecherischsten Teil der Arbeit zu machen und die Übergänge zu streichen? Warum borgte er sich dafür sogar eine Leiter vom Gemüseladen gegenüber?

Und die Musik? Angenehm und beruhigend. Sie verbreitete Frieden im Salon, schmeichelte ihrer Seele.

„*... you're beautiful*", sang Tom leise mit, für sich selbst.

Ginger drückte ihre Rolle an die Wand und presste den letzten Rest beigerosa Farbe heraus.

„*I can tell you've been praying.*"

„Wer ist das? Wer singt da?"

„Ein Gospelsänger, Mali Music."

„Nie gehört."

„Ich habe auch erst vor ein paar Jahren von ihm gehört. Das ist der wahre Jakob. Ich mag ihn."

Der wahre Jakob? Im Gegensatz zu ... dem unwahren Jakob? Christen und ihre Spezialsprache ... Das irritierte sie am meisten. Ihre zweigesichtige Freundlichkeit. Ihre vorgetäuschte Hilfsbereitschaft. Seitdem sie die Wahrheit über Mama herausgefunden hatte, hatte Ginger eine Menge Mitgefühl für ihre Mutter entwickelt. Shana hatte versucht, das Richtige zu tun, ehrlich zu sein.

Toms tiefe, angenehme Bassstimme durchdrang sie und weckte das gleiche Gefühl in ihr wie seine Berührung. Sich windend zwang Ginger seinen Gesang aus ihrer Seele. Sie sah zu ihm hoch, wie er da den Übergang zwischen Wand und Decke pinselte. Ein singender, freundlicher, gut aussehender Pastor? Obacht. Die Frauen würden sich nur so auf ihn stürzen.

Verzweifelte Frauen, wie ihre Mutter, die ihm ihre Herzen hinwerfen würden, wenn er ihnen dafür nur einen Bruchteil ihres Schmerzes nahm.

„Also, Sonntag", sagte sie und schüttelte eine eigenartige Welle der Eifersucht ab. „Bist du bereit?"

„Ich glaube schon. Ich habe meine Predigt im Kopf. Ich muss nur noch meine Notizen ins Reine schreiben." Das Strahlen seines Lächelns traf sie bis ins Mark ihres Wesens, und sie fing es dort ein, wollte es nicht mehr loslassen. Sie könnte ein Trio aus Schätzen von Tom Wells junior zusammenstellen – seine Berührung, seine Stimme, sein Lächeln.

Sie würde nie mit ihm zusammen sein, aber sie konnte sich an den einen Mann in ihrem Leben erinnern, der sie in die Lage versetzte zu fühlen, was es hieß, eine Frau zu sein.

„Und wem oder was meinst du werden die Menschen in der ‚Kirche der Begegnung' begegnen?" Sie füllte ihre Farbrolle in der Wanne und presste sie dann wieder gegen die Wand, wobei sie sorgfältig um das blaue Klebeband herumarbeitete, das die Kante und den Fensterrahmen schützte.

„Gott. Seinen Gefühlen für uns. Ich hoffe, dass die Menschen dort Liebe und Freundschaft zueinander finden." Er lachte leise. „Vielleicht ein schönes Mitbring-Abendessen hier und da."

„Gott hat Gefühle?"

„Aber absolut. Liebe, Friede, Freude. Gott ist Liebe, heißt es im Ersten Johannesbrief." Er sah zu ihr hinunter. „Liebe ist ein Gefühl, stimmt's? Gott hat uns mit Gefühlen erschaffen. Warum sollte Er selbst dann keine haben?"

„Weil Gefühle manipuliert werden können. Sie können schlecht werden ..."

„Ah, ja, wenn man Mensch ist. Aber Gott hat perfekte Gefühle. Findest du es nicht auch irgendwie cool, dass Gott Liebe für dich empfindet und sich über dich freut?"

„Über mich?" Ha, ha, jetzt redete er wirklich Quatsch.

„Ja, dich." Tom kletterte die Leiter herunter und kam zu ihr. „Er liebt dich. Außerdem mag er dich."

„Das weißt du doch überhaupt nicht." Sein Blick, die Ernsthaftigkeit seiner Worte steckten ihr Herz in Brand. „Ich habe mal gebetet. Das ist nicht gut gegangen."

„Feigling."

„Bitte?"

„Du hast einmal gebetet und dann aufgegeben? Bist du so die Stylistin der Stars geworden? Indem du beim ersten Mal aufgegeben hast, als es ‚nicht gut gegangen' ist?" Er nahm ihr die Rolle aus der Hand und lehnte sie gegen die Farbwanne. Dann ging er zu seinem iPhone und spielte das Lied noch einmal von Anfang an ab. „Folge mir." Er führte sie in die Mitte des Raums, nahm sie in die Arme und legte seine Hand auf ihren unteren Rücken.

Die Musik spielte und er drehte sie in einem langsamen, sich wiegenden Kreis, während er ihr leise ins Ohr sang.

... you're beautiful.

Einen Augenblick lang war sie verzaubert, vollständig gefangen darin, sich in seinen Armen wiederzufinden und seine samtige Stimme in sich widerhallen zu hören. Aber nur einen Augenblick lang.

„Hör auf, Spielchen zu spielen, Tom." Sie schob sich von ihm weg, weg von der Wärme seines Körpers, und fand sich in der Kälte des Ladens wieder. „Sing nicht davon, dass ich schön bin."

„Aber das bist du."

„Verstehst du es denn nicht?" Sie knirschte mit den Zähnen und ballte die Hände zu Fäusten, die sie sich in die Ohren rammte. Mit einem Ruck riss sie sich den Schal vom Hals und sammelte ihr Haar oben auf ihrem Kopf, was die vermasselte Hauttransplantation zum Vorschein brachte. „Schön, was?"

„Ja." Er ging mit ausgestreckter Hand auf sie zu.

Aber sie wich zurück „Und das?" Sie drehte ihm den Rücken zu, hob den Saum ihres Oberteils und entblößte die krause, raue Haut ihres Rückens und ihrer rechten Seite. „Es ist widerwärtig. Und nicht begehrenswert. Also komm hier nicht an und sing ‚you're beautiful', wenn es nicht stimmt."

„Wer sagt, dass das nicht stimmt?"

„Ich. Mein Badezimmerspiegel. Die Männer, mit denen meine Mama ausgegangen ist, als ich Teenager war. ‚Schade, die ganzen Narben, Shana, sie hätte ein echter Hingucker sein können.'"

„Die meisten Menschen sehen deine Narben gar nicht. Du bedeckst sie. Nur weil ein paar dumme, lüsterne Männer ihre Vorstellung von Schönheit auf dich projiziert haben, glaubst du so etwas? Hast du mal drüber nachgedacht, dass dich diese Narben vielleicht geschützt haben könnten? Dass sie dich von Lustmolchen ferngehalten haben könnten?"

„Außerdem auch von netten Männern wie dir, die in der Highschool mein Freund hätten sein und mich zum Abschlussball hätten ausführen können."

„Ich mag deine Narben."

Sie griff wieder nach ihrer Rolle. „Jetzt bist du einfach nur gemein."

„Ich mag, dass sie dich zu einer Kämpferin gemacht haben. Ich mag dein Gesicht, deine Augen, dein Lächeln, dein Herz. Ich liebe deine Fähigkeit, Schönheit in anderen zu entdecken und so herauszuarbeiten, dass wir Restlichen sie auch alle sehen können. Das sind die Dinge, die dich wunderschön und außergewöhnlich machen."

Ihre Augen füllten sich. Mit dem Rücken zu Tom rollte sie Farbe auf die Wand. „Du gehst besser wieder an die Arbeit, sonst sind wir noch die ganze Nacht hier."

„Aber zuerst …" Er legte ihr eine Hand auf die Schulter und drehte sie zu sich um. „Sag mir, dass du schön bist."

Sie weigerte sich mit abgewandten Augen, war nicht in der Lage, ihre Tränen zurückzuhalten. Ihr Herzschlag dröhnte in ihren Ohren.

„Ginger." Er berührte ihr Kinn und lenkte ihre Aufmerksamkeit auf sich. „Sag es. Das ist der erste Schritt auf dem Weg zur Heilung. Du bist schön."

„Ich bin nicht dein Projekt."

„Das stimmt. Aber du bist meine Freundin. Und ich hasse es, wenn ich sehe, wie meine Freunde Lügen über sich glauben."

„Ich glaube, was wahr ist."

„Dann sag es. ‚Ich bin schön.'"

Sie ließ ihre Farbrolle fallen und durchquerte den Raum. „Du machst mich wahnsinnig. Was kümmert es dich? Ich bin die Tochter der Frau, die dazu beigetragen hat, die Karriere deines Vaters zu ruinieren. Ich habe sie übrigens danach gefragt, und sie hat gestanden. Sie hat deinen Vater geliebt, aber es ist nie etwas zwischen ihnen passiert."

„Das disqualifiziert dich aber nicht für Gottes Liebe, für meine Freundschaft oder dafür, zuzugeben, dass du schön bist."

„Sag das Edward. Was würde der sagen, wenn er dich hier mit mir sähe?"

„Edward ist weder mein Gott noch mein Gewissen. Mein Vater und meine Familie haben das hinter sich gelassen. Deine Mutter anscheinend auch. Aber du steckst fest, bist noch immer das Brandmädchen. Also lass uns einen großen Eimer auf dieses Feuer kippen, indem wir deine Schönheit verkünden."

Feststecken. Hatte sie nicht genau das am Samstagmorgen bekannt, als sie in der Matschwiese gestanden hatte? Aber die Genugtuung würde sie Tom nie lassen. Ginger machte eine Handbewegung zur Tür hin und zwang ihn in Gedanken dazu, zu gehen und sie in Frieden zu lassen. „Du kannst gehen, Tom."

„Nicht, wenn du es nicht sagst." Er respektierte ihren persönlichen Raum überhaupt nicht. Er kam zu ihr und strich mit den Fingern über die Narbe an ihrem Hals. Fast hätte sich Ginger unter seiner Berührung gekrümmt.

„Warum willst du, dass ich das sage?" Ihr blieb beinahe die Stimme weg.

„Weil ich will, dass du die Lüge in deinem Herzen mit der Wahrheit bekämpfst."

„Wenn du das verbrannte Mädchen dazu bekommst, zu sagen, es sei hübsch, bekommst du dann ein Sternchen vom lieben Gott?"

„Mann, bist du wirklich so zynisch? Ginger, ich mag dich. Ich habe dich immer gemocht, und ich habe dich immer als schöne Frau gesehen ..."

„Du, der du dich von deinen Freunden hast einschüchtern lassen?" Sie benutzte den Mut, den er so bewunderte, um sich zu wehren.

„Ich war siebzehn. Gestehe mir bitte zu, dass ich in der Zwischenzeit ein bisschen erwachsener geworden bin." Er ging zur Tür und riss sie auf. „Du willst, dass ich dich vor Edward Frizz verteidige? Vor Rosebud?" Er rannte in die Mitte der Main Street. „Hey, Rosebud, Alabama ..."

Ginger stürzte zur Tür. „Tom, nein, was machst du da?"

Mit weit ausgebreiteten Armen rief Tom: „Ginger Winters ist eine wunderschöne Frau. Und ihre Narben kümmern mich nicht! Es kümmert mich nicht, was ihre Mutter ..."

„Also wirklich, hör auf. Komm rein." Wutentbrannt rannte Ginger hinaus auf die Straße, packte ihn am Arm und zerrte ihn in das Geschäft zurück. „Du hältst mich doch zum Narren."

„Mich? Ich habe doch geschrien."

„Du machst mich wahnsinnig. Warum denkst du überhaupt, dass dich das irgendwas angeht?"

„Erinnerst du dich an den Schluss von dem Film ‚Selbst ist die Braut'? Da sagt Drew zu Margaret: ‚Heirate mich, weil ich gerne mit dir ausgehen würde.'"

„Ja-ja ..."

„Ich will, dass du die Wahrheit über dich selbst glaubst. Ich will, dass du es mit Jesus versuchst, du ihn in dein Leben lässt und dich selbst so siehst, wie er dich aus seiner Perspektive sieht, nämlich als unfassbar schön."

„Was hat das jetzt mit dem Film zu tun?"

„Weil dann, also in dem Fall, und wenn du auch willst, würde ich gerne mit dir ausgehen."

Ihre Tränen tropften. „Ich kann mein Herz nicht für dich aufs Spiel setzen. Oder für Gott." Was hatte sie noch gleich gemacht, bevor er mit diesem ganzen Schönheits-Quatsch angefangen hatte? Ach ja, gestrichen. Ginger nahm die Farbwanne. „Ich finde, du solltest gehen."

„Sag es. ‚Ich bin schön.'"

„Ich spiele nicht mit. Geh." Sie ging zitternd ins Hinterzimmer, verfügte kaum noch über die Kraft, sich aufrecht zu halten.

„Kommst du am Sonntag in die Kirche? Bitte."

„Ich habe gesagt, du sollst gehen. Geh einfach."

Sie versteckte sich in der dunklen Ecke, bis sie seine Schritte im Salon hörte, hörte, wie sie sich von ihr wegbewegten, durch die Tür, und schließlich verklangen.

Langsam sank sie auf den Boden, barg ihr Gesicht auf ihren Knien und fuhr mit der Hand über ihre Narben.

Abscheulich. Hässlich. Das Gegenteil von schön. Sie hatte Ozeane voller Tränen über diese Tatsache geweint, und keiner – weder Gott noch Tom Wells – würden sie je vom Gegenteil überzeugen können.

Kapitel 10

Am Sonntagmorgen saß Tom im Wohnzimmer des alten Pfarrhauses, wo strahlender Sonnenschein durchs Fenster strömte, und betete sich durch den Wirbel aus Aufregung und Frieden in seiner Seele.

Der erste Sonntagmorgen in seiner eigenen Gemeinde. Er hätte nie gedacht, dass dies einmal seine Wirklichkeit, seine Leidenschaft werden würde, aber in genau diesem Moment wusste er, dass er zur richtigen Zeit am richtigen Ort war.

Seine Predigt war fertig. Seine Notizen hatte er in sein iPad eingegeben. Alisha hatte die Lobpreisband so weit vorbereitet, sie würden um neun Uhr zu ihrer letzten Probe vor dem Gottesdienst kommen. Vor allen Dingen aber war sein Herz bereit.

Und wenn nur er, die Band und der Heilige Geist auftauchten, würde Tom den Tag als Riesenerfolg werten.

Wenn Ginger auftauchte, würde er seinen ersten Sonntag als einen Wundertag in den Kalender eintragen.

Das ganze Wochenende über hatte er über sie nachgedacht, für sie gebetet, und für sich selbst auch. Hatte er Grenzen überschritten, als er von ihr verlangt hatte zu erklären, sie sei schön? War das zu intim gewesen? Zu romantisch, obschon er doch gar nicht frei war, um sie zu werben?

Es war eine Sache, wenn ein gläubiger Mann Gefühle für eine nichtgläubige Frau hegte. Eine ganz andere

Sache jedoch war es, wenn er um ihr Herz warb, sie betrog und beiseiteschob.

Solch ein Mann wollte er nicht sein.

Wenn er dieser Gemeinde als Pastor dienen wollte, musste er eine gläubige Frau finden, die in der Lage war, diesen Lauf mit ihm zu laufen.

Ob sie Klavier spielte, eine Bibelstunde hielt oder die Frauenarbeit leitete, interessierte ihn dabei nicht. Ihm war wichtig, dass sie Jesus von ganzem Herzen liebte. Und Tom einen Tritt in den Hintern gab, wenn er das brauchte.

Herr, hier ist mein Herz. Du kennst meine Gedanken über Ginger. Nimm das alles.

Die Kaminuhr, die zum Haus gehörte, schlug halb neun. Tom erhob sich aus seinem Sessel und nahm das iPad vom Beistelltisch. Da konnte er genauso gut in die Kirche hinübergehen und die Technik in Gang setzen.

Er wollte gerade durch die Küchentür hinausgehen, als es laut an der Haustür klopfte. Als er öffnete, stand Edward draußen.

„Hast du das gesehen?" Er hielt die Sonntagszeitung hoch und stürmte ins Pfarrhaus.

„Nein, noch nicht. Ich wollte sie nach dem Gottesdienst lesen."

„Was um alles in der Welt hast du ihr denn erzählt?" Edward marschierte ins Wohnzimmer, entrollte die Zeitung und hielt die Titelseite hoch, damit Tom sie sehen konnte.

Eine Geschichte, zwei Pastoren
Wie wird es Rosebud mit der dritten Generation der Wells-Prediger ergehen?
Von Riley Conrad

Tom riss Edward die Zeitung aus der Hand. „Wie es Rosebud ergehen wird? Wovon redet die denn? Wir haben über die Gemeinde gesprochen, wie und warum ich nach Rosebud zurückgekommen bin, was ich mir vorgenommen habe."

„Sie will ganz offensichtlich keine weitere Gemeinde in der Stadt haben. Und schon gar nicht von einem Wells-Mann. Ich frage dich noch einmal, was hast du ihr erzählt?"

„Nichts."

„Liest sich aber nicht wie nichts. Sie bringt den ganzen Skandal ans Licht." Edward ging Richtung Küche. „Hast du Kaffee da?"

„Ja, klar, benutz die Kapselmaschine." Das iPad unter den Arm geklemmt, ließ Tom sich mit wachsender Sorge in den Schaukelstuhl fallen.

Pastor Tom Wells Junior ist in Rosebud auf der Suche nach einer eigenen Herde. Nachdem die amerikanische Kirche eher zum Nehmer denn zum Spender spiritueller Erkenntnis wird, muss man sich schon fragen, ob er nicht einer von vielen aufstrebenden Jungpastoren ist, die mit Charme und gutem Aussehen nach nichts weiter streben, als ihr eigenes Reich zu errichten – mithilfe von Rosebuds Geldbeuteln.

„Das ist der reinste Kommentar, dieser Leitartikel."

Edward kam mit einem Kaffeebecher in der Hand zurück und pustete über sein Getränk. „Jap."

Zur Hintergrundgeschichte: Wells ist der Enkel des bekannten und beliebten Evangelisten Porter Wells, der zwanzig Jahre lang durchs Land gereist ist und Zeltevangelisationen durchgeführt hat, bevor er seine Botschaft international verbreitete. Nach einiger Zeit kehrte er in die USA zurück, wo er seinen Dienst in Großkirchen und im Fernsehen weitergeführt hat.

Wells kehrte Mitte der 2000er-Jahre nach Rosebud zurück. Sein Sohn, Tom Wells senior, trat in seine Fußstapfen und gründete eine Gemeinde in Rosebud, deren Mitgliederzahl auf über 2000 Personen wuchs, bevor ihn vor zwölf Jahren ein Skandal aus dem Sattel warf.

Was für ein Skandal? Eine Affäre. Nicht eine von der offensichtlichen Sorte, sondern eine gefühlsmäßige Angelegenheit – was viele sogar für noch zerstörerischer halten als eine körperliche Eskapade. Pastor Wells hat zu viel Zeit mit einer bedürftigen Frau verbracht. Als die sich von ihm hinters Licht geführt fühlte, gestand sie ihre Gefühle einer Freundin. Diese brachte ihrerseits das Fehlverhalten den Gemeindeältesten und Leitern zur Kenntnis.

Die Familie Wells verließ die Stadt unter dem Deckmantel der Geheimhaltung und ließ nichts als Fragen und verletzte Herzen zurück. Meine Großmutter war einer dieser enttäuschten und fragenden Gläubigen. Was war mit unserem geliebten Pastor geschehen?

Tom ließ die Zeitung sinken und seufzte. „Sie hat sich die Kränkung ihrer Großmutter zu eigen gemacht."

„Das ist ein Leitartikel, Bruder. Sie hat natürlich einen Plan."

„Ich will eine Richtigstellung."

Edwards Blick verfinsterte sich. „Mein Rat? Lass es gut sein. Je mehr Wind du deswegen machst, desto mehr fachst du das Feuer an. Lies weiter!"

Aber er wollte nicht mehr weiterlesen. Er wollte die Zeitung beiseitewerfen und wieder zu dem Punkt der Zufriedenheit und Kontemplation zurückfinden, an dem er gerade noch gewesen war. Er wollte ein weiches, offenes Herz für den Lobpreis und das Wort Gottes haben.

Aber er musste wissen, mit welchen vorgefertigten Meinungen die Menschen heute Morgen zur Tür hereinspazieren würden.

Die wahre Geschichte wurde unter den Teppich gekehrt. Die Familie Wells verließ die Stadt überstürzt, wortwörtlich im Schutze der Nacht, und der Gemeinde wurde nur mitgeteilt, dass Wells eine außergewöhnliche berufliche Möglichkeit in Atlanta offenstehe, von der er das Gefühl habe, der Herr wolle, dass er sie ergreife.

Die Lügen sammelten sich also an. In Rosebud wurden Gerüchte laut, Wells habe eine Affäre gehabt, aber mit wem? Wann? Und vor allem, warum?

Vielleicht hat er das „Liebe deine Nächste" ein wenig zu wörtlich genommen.

Als mir klar wurde, dass sein Sohn wieder in der Stadt war, wollte ich den Rest der Geschichte in Erfahrung bringen. Also habe ich ein wenig gegraben. Wer war die Frau, die im Zentrum dieses Skandals stand? Warum ist die vollständige Geschichte nie erzählt worden?

Bei einem früheren Gemeindemitglied, Janelle Holden, habe ich eine Spur gefunden.

„Ich leitete die Frauenbibelstunde. Eine der neueren Besucherinnen, Shana Winters, gestand mir aus heiterem Himmel, dass sie sich in Pastor Wells verliebt hatte. Dass er mit ihr gesprochen, ihr geholfen und sich mit ihr angefreundet hatte."

Laut Holden gab Wells zu, dass er mit Winters seelsorgerliche Gespräche geführt habe. Deren Tochter ist übrigens Ginger Winters, die Besitzerin des Schönheitssalons ‚Gingers Schnittchen' hier in der Stadt. Sie wurde im Alter von zwölf Jahren bei einem Brand ihres Wohnmobils tragisch verunstaltet.

Wells Senior leugnete, eine Affäre irgendeiner Art gehabt zu haben, doch als die Leiter der Gemeinde eine Untersuchung einleiteten, gab er zu, dass er eine emotionale Verbindung zu Winters entwickelt hatte, die über das Maß des Anstands hinausging.

Also verließ er seine Schäflein und floh aus der Stadt. Können Sie mir noch folgen?

Zwölf Jahre lang hatte Rosebud Ruhe und war frei von Scharlatanen, die „das Wort Gottes" nutzen, um die Schwachen und Willigen zu verführen.

Genug. Tom klatschte die Zeitung in Edwards offene Handfläche. „Das wird Ginger demütigen. Jetzt wird sie womöglich nie in den Gottesdienst kommen."

„Hast du gehofft, dass sie das tut?"

„Ja, Edward, das habe ich, weil sie nämlich Jesus braucht. Um ehrlich zu sein, glaube ich langsam, dass du selbst auch eine ordentliche Dosis Heiligen Geistes gebrauchen könntest." Tom machte sich auf den Weg zur Tür. „Übrigens, Ed, ja, echt, *sie*. Sie ist umwerfend, klug, fürsorglich und, ja, ein wenig körperlich versehrt, aber ich würde sie jederzeit irgendeiner ... Schönheitskönigin vorziehen." Tom schlug die Tür hinter sich zu.

„Tom!", rief Edward hinter ihm her. „Denk an deine Karriere ..."

Aber er ging weiter seinen Weg zur Kirche. Nach über zwanzig Jahren erklang zum ersten Mal das Neun-Uhr-Läuten, das den Ort aufweckte. Und Toms Herz.

Komm, nimm dein Kreuz und folge mir.

Ginger erwachte vom Klang der Kirchenglocken. Aber es hörte sich nicht so an, als seien es die der Baptistengemeinde in der Bridge Street. Dieses Läuten klang älter, entfernter, kam aus dem Westen.

Sie stieg aus dem Bett, öffnete das Fenster und ließ frische, saubere Morgenluft herein, während sie die Main Street hinuntersah.

Du bist schön.

Toms Stimme war in ihren Kopf eingezogen, und egal, wie geschäftig es im Laden zuging, wie viel Musik von Tracie Blue sie hörte oder wie viele Filme sie auch nacheinander wegschaute, nichts konnte sie von dort vertreiben.

Du bist schön.

Mrs. Davenport hatte am Freitagnachmittag ihre Aufmerksamkeit auf sich gezogen, während sie ihr die

Haare machte. „Was ist denn bei dir los, Ginger? Du siehst so anders aus. Du strahlst ja förmlich."

Du bist schön. Dann platzte wieder die Melodie des Liedes von Bridgetts Hochzeit über sie herein. *You make me brave – du machst mich mutig!*

Jetzt lehnte sie sich gegen die Fensterscheibe, erinnerte sich und atmete den Duft des Januarmorgens ein, während die Glocken sieben, acht, neun Mal schlugen.

Konnte sie mutig sein? In den Gottesdienst gehen? Sie hatte immer gesagt, sie würde hingehen, wenn jemand sie einlud. Und nun hatte Tom sie ja theoretisch eingeladen.

Ginger zögerte. Sie mochte ihre Sonntagmorgenroutine – einen Kaffee Latte und ein Muffin zum Frühstück, während sie die Sonntagszeitung las. Aber wenn sie sich beeilte, konnte sie frühstücken, die Zeitung überfliegen und trotzdem rechtzeitig zum Gottesdienst kommen.

Sie schloss die Augen. *Mach es einfach. Denk nicht weiter darüber nach.* Sie flitzte unter die Dusche und gestand sich sogar zu, darüber nachzudenken, wie sie sich freuen würde, Tom Wells wiederzusehen.

Du bist schön.

Beim Ausziehen ihres Nachthemds betrachtete Ginger ihre altvertrauten Wunden und versuchte, sie mit neuen Augen zu sehen. Sie starrte ihr Spiegelbild an.

„Du...du b...bist sch..." Sie verschluckte sich. Es war einfach nicht wahr. Ginger, sag es. Sie hörte Toms Wahrheit in ihrer eigenen Stimme. „D...du bist ... du bist ..."

Sie beugte sich dem Spiegel entgegen. „Sch... schön."

Eine Windbö strich durch ihre Wohnung. Durch ihre Seele.

„Ginger, du bist ...", sie hob ihre Stimme, „... schön!"

Wieder umströmte sie der Wind.

„Ginger!", rief sie laut und mit erhobenen Armen aus. „Du bist schön!"

Freudentränen liefen ihr über die Wangen und wässerten auf geheimnisvolle Weise all die trockenen, unfruchtbaren Orte in ihr, an denen die Wahrheit schon lange nicht mehr geblüht hatte. Wenn überhaupt je.

„Ginger Winters, du bist schön!"

Kapitel 11

Tom tat sein Bestes, um sich auf die Musik, die Lieder und die Anbetung zu konzentrieren, aber er spürte den Druck seines ersten Sonntagmorgengottesdienstes auf sich lasten. Zusammen mit der Demütigung durch schlechte Presse.

Alisha, die Gute, hatte verächtlich die Nase über den Artikel gerümpft. „Wen kümmert das? Ist es wahr? Nein. Lass dich von Gott verteidigen."

Ihre Zuversicht weckte seine.

Als Alisha nun den Lobpreisteil beendete, bereitete sich Tom innerlich darauf vor, auf die Kanzel zu treten. Er hatte die ganze Zeit nicht über die Schulter geschaut, also hatte er keine Vorstellung davon, ob eine oder hundert Personen die alten Holzbänke füllten.

Um die Wahrheit zu sagen, wollte er eigentlich nur ein Gesicht sehen. Na ja, zwei. Das von Pop und das von Ginger. Vor allem Gingers. Er musste wissen, dass es ihr gut ging. Dass der Artikel keine schlechten Erinnerungen aufgewühlt hatte.

Der letzte Ton des Keyboards erklang und Alisha nickte Tom zu. Es war Zeit. Er überwand die Stufen des Podests, drehte sich zum Kirchenraum um, und sein Herz hob ab.

Der Raum war voll. Brechend voll. Es gab nur noch Stehplätze.

„Guten Morgen. Willkommen bei der ..."

„Ist es wahr?" Eine Frau in der zweiten Reihe erhob sich. „Dass dein Vater beinahe eine Affäre hatte?"

Tom kannte sie von früher. Er schaltete sein iPad ab, ging um die Kanzel herum und nahm die Menschenmenge in Augenschein. „Seid ihr deswegen alle hier?"

Zahlreiche Köpfe nickten. Es wurde beifällig gemurmelt.

Die Hitze der Konfrontation trieb ihm Schweißperlen auf die Stirn. „Dann lasst uns einfach alles auf den Tisch packen. Ein Teil des Artikels ist wahr. Dad empfand ein Übermaß an Zuneigung für Shana Winters." Im hinteren Teil öffneten sich die Kirchentüren, und Tom hielt inne. Eine kalte Vorahnung kroch ihm über den Rücken, als Ginger durch den Spalt hereinhuschte.

Nein, nein, nicht heute. Aber es war zu spät, um das Ruder herumzureißen und seine vorbereitete Predigt zu halten. So zu tun, als wäre der Artikel nie erschienen.

Er erhaschte ihren Blick, und sie lächelte zurück und winkte ihm kurz zu, bevor sie sich auf einen Platz setzte, den sie von einem älteren Herrn in der letzten Reihe angeboten bekam.

Sie sah ... anders aus. Strahlend.

„Riley Conrad", sagte er, „hat uns ihre Meinung über mich und meine Familie mitgeteilt. Sie hat außerdem die Namen von Mitbürgern hier aus der Stadt ins Spiel gebracht. Für die kann ich nicht sprechen, aber ich kann versprechen, dass meine Hingabe an Jesus größer ist als die Hingabe an einen von euch. Als an meinen Dienst. Sollte der Herr mir sagen: ‚Schließe morgen diese

Kirche', dann würde ich das tun. Ein Rebell – der aufgebrachte, bittere Pastorensohn –, das bin ich für eine ganze Weile gewesen, und glaubt mir, ich weiß, dass ich da nicht wieder hinwill. Kommt in die ‚Kirche der Begegnung', wenn ihr Gottes Liebe für euch begegnen wollt. Wenn ihr andere lieben wollt. Wenn ihr das Leben und das Evangelium mit den Menschen in Rosebud teilen wollt. Kommt nicht hierher, wenn ihr nur für euch davon profitieren wollt. Wenn ihr irgendwelche Hintergedanken hab. Kommt hierher, wenn ihr Jesus liebt oder ihn lieben wollt."

Tom warf Ginger einen Blick zu, die auf den Beinen war und sich langsam nach vorne bewegte. „Kann ich etwas sagen?" Ihre Stimme trug in dem überfüllten Kirchenraum. Köpfe drehten sich um, es wurde gemurmelt.

„Bist du sicher?", fragte Tom. Er konnte sie zittern sehen.

„Hallo. Manche von euch kennen mich. Aber für diejenigen, die mich nicht kennen – ich bin Ginger Winters." Sie hielt eine Ausgabe der Sonntagszeitung hoch. „Meine Mama und Toms Vater hatten eine Freundschaft, die zu weit ging. Zumindest im Herzen und in den Gedanken. Das hat einige Probleme für Reverend Wells verursacht, und er hat beschlossen, wegzugehen. Er hatte seine Gründe, und wenn ihr mehr wissen wollt, dann fragt ihn."

Tom schaute überrascht und verblüfft zu. Irgendetwas war mit Ginger Winters geschehen.

„Aber nehmt Tom hier nicht krumm, was unsere Eltern getan haben. Als wir in der Highschool waren und niemand mit dem monströsen, verbrannten Mädchen – mir – sprechen wollte, hat er das getan. Am vergangenen Wochenende hat er mich bei einer Hochzeit behandelt, als wäre ich wichtig, als andere das nicht getan haben. Er hat mich verstehen lassen, dass ich erwartete, von anderen zurückgewiesen zu werden, weil ich mich selbst zurückwies." Sie lächelte zu ihm hinauf. „Ich habe wohl doch zugehört."

„Wahnsinn", sagte er und ging auf sie zu. „Wenn man bedenkt, dass ich viel zu viel geredet habe."

Ginger wandte sich wieder der Gemeinde zu. „Er hat mich herausgefordert, die Wahrheit zu glauben. Dass ich schön bin. Mit allen meinen Narben. Er hat mir gesagt, dass Jesus mich liebt, und während ich nicht ganz sicher bin, was das alles heißt, habe ich angefangen, mich zu fragen, ob dieses Frohe-Botschaft-Ding nicht genau das ist, was ich brauche. Ich habe noch nie einem Mann mein Herz anvertraut. Ach, was sage ich – ich habe noch überhaupt je kaum einem Menschen je vertraut. Aber ich vertraue Tom Wells. Mit jeder Faser meines Seins." Ihre Stimme schwankte und brach. „Er hat mich herausgefordert, mir zu sagen, dass ich schön sei, und heute Morgen habe ich zum ersten Mal in den Spiegel geschaut, meine verhassten Narben gesehen und mir gesagt, ich sei schön. Laut." Ihr strahlendes Lächeln machte der Sonne Konkurrenz. „Und zum ersten Mal", ein glucksendes Lachen brach sich Bahn, „habe ich es geglaubt."

Epilog

Acht Monate später ...

Jener Januarmorgen, an dem es in Rosebud schneite, veränderte Gingers Leben auf eine Weise, wie sie es nie für möglich gehalten hätte. Das zeigt nur einmal mehr, dass die wahre Liebe auch das verschlossenste Herz dazu bringen kann, sich zu öffnen.

„Okay, der letzte Schliff." Ruby-Jane stellte einen alten Holzstuhl neben Ginger und stieg in ihrem Brautjungfernkleid, einem langen lila Kleid aus Seide, darauf, die strassbesetzte Haarklammer des Haubenschleiers in der Hand.

„Vorsicht, RJ." Michele stellte sich nachdenklich auf die Zehenspitzen und wischte sich den Schweiß von der Stirn. „Es hat bald zwei Stunden gedauert, bis die Frisur fertig war, mach du sie nicht in zwei Sekunden kaputt."

„Als ob. Du hast ihr genug Haarspray in die Haare gesprüht, die würden auch einem Hurrikan standhalten." Ruby-Jane tätschelte die Oberseite von Gingers auftoupiertem Haarturm.

Die Klimaanlage sprang an und durchflutete den Raum leise summend mit kühler Luft.

„Sei trotzdem bitte vorsichtig. Auch wenn sie nicht runterfällt, könnte die Frisur doch Risse bekommen." Ginger warf Michele lachend einen Blick zu und griff nach ihrer Hand. „Danke. Ich habe es noch nicht gesehen, aber ich kenne doch deine Arbeit. Ich bin mir sicher, dass es traumhaft aussieht."

„Nein." Michele glättete eine Strähne. „*Du* siehst traumhaft aus. Ich kann kaum glauben, wie sehr du dich verändert hast. Ich schätze mal, ich sollte das nicht sagen, aber ..."

„Es ist wahr." Schmetterlinge und kleine Stromschläge schossen durch Gingers Körpermitte. Mit zitternden Beinen atmete sie tief durch und gab nur ein klein wenig nach, als Ruby-Jane den Schleier feststeckte.

Sie hatte sich verändert. Sie hatte auf Tom gehört und geglaubt, dass sie schön war. Aber es war nötig gewesen, Jesus ihr ganzes Herz zu überlassen, damit sie das auch wirklich verinnerlichen konnte. Damit die Wahrheit sich in ihr niederlassen und ihre Persönlichkeit verändern konnte. Tom hatte sie den ganzen Weg über begleitet. Als ein Freund. Und dann war sie vor fünf Monaten eines Morgens aufgewacht und hatte gemerkt, dass sie ganz und gar in ihn verliebt war.

Einen Monat später, bei einem Abend mit Pizza und Videogucken, war Tom dann auf ein Knie niedergesunken, hatte ihre Hand geküsst und ihr einen Heiratsantrag gemacht. „Willst du mich heiraten? Bitte!"

Als er ihr den Diamantring auf den Finger schob, ließ sie ihre letzte Träne fallen und ihr Herz entbrannte lichterloh vor Liebe.

„Ja, Tom, ja. Ich will dich heiraten!"

Und jetzt, am Tag ihrer Hochzeit, hatte die Liebe sie bereit gemacht, sich allen zu zeigen.

Obwohl sie in diesem Moment versuchte, sich daran zu erinnern, was sie eigentlich geritten hatte, *so* wagemutig mit ihrem Kleid zu sein. Ein ärmelloses Chiffon-Kleid von Donna Karan mit V-Ausschnitt. Ein Geschenk von Tracie Blue.

„Da." Ruby-Jane hüpfte herunter und schob den Stuhl beiseite. „Oh, Ginger ..." Ihre Augen füllten sich, während sie sich die Finger gegen die Lippen drückte.

„Seid bitte ehrlich." Ginger schaute zwischen Ruby-Jane und Michele hin und her. „Bin ich verrückt? Sehe ich schlimm aus?" Sie hob ihren nackten, vernarbten Arm hoch. Der goldene Glitzer ihres Köper-Make-ups schimmerte im Licht des späten Nachmittags, das durch das Fenster hereinfiel. „Ist das zu viel so? Mit dem Glitzer?"

„Es ist perfekt. Du wirst Tom umhauen."

Sie berührte die transplantierte Haut an ihrem Halsansatz. Das ärmellose Kleid war eine Überraschung für ihn. Ihr Geschenk. „Ich kann damit leben, dass mein Arm und mein Rücken zu sehen sind, aber was ist damit?" Sie zeigte auf ihren Hals.

„Alles gut", sagte Ruby-Jane. „Stell dich jetzt bloß nicht infrage."

Sie hatte recht. Wenn sie mutig sein wollte, würde sie mutig sein. Nächsten Monat hatte Ginger einen Termin bei einem angesehenen Schönheitschirurgen, einem Freund ihres zukünftigen Schwiegervaters, der seine Zeit und sein Können freiwillig zur Verfügung stellte, um die verpfuschte Transplantation in Ordnung zu bringen.

Aber eigentlich hatte sie schon längst einen angesehenen Chirurgen kennengelernt. Jesus. Der die inneren Wunden heilte, die niemand sehen konnte. Alles, was dafür nötig war, war Liebe. Die von Jesus und die von Tom.

Ein frohes Lachen stahl sich über ihre Lippen.

„Was?", fragte Ruby-Jane lächelnd, zugewandt. Gerne wollte sie an Gingers Freude teilhaben.

„Nichts." Sie schüttelte den Kopf und genoss den Moment. „Ich bin einfach nur glücklich." Ruby-Jane beharrte immer noch darauf, dass Gott aus der Ferne zuschaute, also würde *ihn* zu erwähnen nur eine Debatte lostreten.

„Bist du bereit zu sehen, wie du aussiehst?" Michele drehte Ginger zu dem Ganzkörperspiegel um.

„Bereit." Ginger schloss ihre Augen und folgte Micheles Führung – einen, zwei, drei Schritte nach rechts. Sie hatte darauf bestanden, dass die anderen sie ohne Spiegel stylten. Nur für den Fall, dass sie Panik bekam. Zu glauben, dass sie schön war, war an manchen Tagen immer noch ein Kampf.

„Mach die Augen auf."

Ginger atmete ein. Beim Ausatmen öffnete sie die Augen. Ihr Spiegelbild füllte den Spiegel ganz aus. Sie war in Weiß gekleidet, ihr ombrégefärbtes Haar war im Stil der Sechziger Jahre auf ihrem Kopf aufgetürmt und goldener Glitzer füllte die Vertiefungen ihrer Narben.

Tränen stiegen in ihr auf.

„Warte, hier, für den endgültigen Look." Ruby-Jane

griff rasch nach Gingers kleinem Hochzeitsstrauß aus Rosen und Schleierkraut. „Perfekt, so per..." Ruby-Janes Stimme brach. Daher beendete sie ihren Gedanken mit einem herzlichen, tränenerfüllten Lächeln und einem Nicken.

An der Tür war ein sanftes Klopfen zu hören. „Bereit?" Maggie Boyd schaute herein. Sie war vor zwei Monaten aus Irland zurückgekehrt und hatte darauf bestanden, Gingers Hochzeitsplanerin zu sein.

So viel Gutes war ihr widerfahren, seitdem sie die Liebe angenommen hatte. Seitdem sie Gott akzeptiert hatte. Und ihr Schicksal.

„Ginger, oh Ginger." Maggie rieb sich seufzend die Augen. „Wir werden Tom vom Boden aufsammeln müssen."

„Das hoffe ich doch sehr." Ginger grinste augenzwinkernd. Ein bisschen Zuversicht hatte sie, weil er ihre Narben bereits gesehen hatte. Er hatte sie vor zwei Tagen darum gebeten, ihre Seite und ihren Rücken sehen zu dürfen, damit sie heute Abend, wenn sie eins werden würden, keine Angst davor haben brauchte, dass er diesen Teil von ihr zum ersten Mal sähe.

Er war mit seinen Fingern über jede raue, unebene Kluft ihrer Entstellung gefahren und hatte flüsternd Gebete der Heilung, des Friedens und der Freude über sie ausgesprochen.

Nicht nur für ihren Körper, sondern auch für ihr Herz.

Die Zärtlichkeit und Fürsorge, die er an den Tag legte, während er mit der Hand über diesen versehrten

Körper strich, der in ihrer Hochzeitsnacht seiner werden würde, erzeugte zusammen mit seinen tränenreichen, geflüsterten Gebeten einen emotionalen Austausch zwischen ihnen, der Ginger beinahe überwältigte.

Niemals würde sie Gottes Liebe für sich bezweifeln können. Sie sah jeden Tag, wie sie in Tom ihren Ausdruck fand.

Diesen eigenartigen Tag im Januar, an dem es in Rosebud geschneit hatte und an dem Tom wieder in ihr Leben getreten war, barg sie tief in ihrem Herzen. Er würde immer einer ihrer schönsten Schätze bleiben.

„Es ist halb fünf, Schatz." Mama platzte in den Raum. „Die Kirche ist randvoll." Sie drückte sich die Hände auf die Wangen. „Ich glaube, mein Herz platzt gleich. Ginger, mein liebes Kind, wie schön du bist!" Sie sagte es geradeheraus, ohne zu stottern.

Mama war auch dabei, sich zu verändern.

Ginger warf einen letzten Blick in den Spiegel. Sie hatte ein ärmelloses Kleid ausgewählt, weil es ihr gefiel. Weil es ihr passte wie ein Handschuh. Weil es, hätte sie nicht die Wunden auf ihrem Arm und ihrem Rücken gehabt, ihr Traumkleid gewesen wäre.

Dann mach doch ... Tom. Immer Tom. Die Stimme der Wahrheit und der Ermutigung.

„Ah, ich höre das Orchester, die Musik fängt an." Mama hatte nach ihrer Arbeit in der Stadt Doppelschichten in einem Imbiss gemacht, um genug Geld für ein 15-Mann-Orchester zusammenzusparen. Es war ihre Art, „ihren Teil beizutragen", wie sie zu sagen pflegte.

„RJ, Brautjungfer, komm in die Puschen." Maggie schob Ruby-Jane zur Tür. „Vergiss das hier nicht." Sie schnappte sich ein Sträußchen von einem Tisch in der Nähe.

Ruby-Janes Absätze klapperten auf den breiten Holzdielen. „Dann schalte ich wohl mal von *tüchtige Helferin* zu *Brautjungfer* um." Sie grinste Ginger an. „Wir sehen uns gleich unten."

Michele schlüpfte ebenfalls aus der Tür. Im Hinausgehen warf sie Ginger eine Kusshand zu. „Ich gehe Alex und die Kinder suchen. Geh raus und zeig's ihnen, Ginger!"

„Ich bin stolz auf dich." Tränen glitzerten in Mamas Augenwinkeln. „Und ich muss mich für all das entschuldigen, womit ich dich in der Vergangenheit verletzt habe."

„Nein, Mama, nein." Ginger wischte Mamas Tränen ab. „Heute ist mein Hochzeitstag. Zeit für einen Neuanfang. Und weißt du was? Lass uns einfach den ganzen Müll der Vergangenheit begraben. Ich habe dir vergeben. Es ist alles vergessen. Von diesem Tag an werden wir viele gute, *neue* Erinnerungen schaffen." Ihre Rede brachte sie selbst zum Weinen. „Führst du mich nun den Mittelgang hinunter oder nicht?"

„Das mache ich, Ma'am, das mache ich." Mama zog ein Taschentuch aus der Schachtel beim Spiegel. Die Falten ihres Glockenrocks aus Chiffon mit dem gekräuselten Saum flossen ihr um die Beine. „Es tut mir leid, dass dein Daddy es nicht auf die Reihe bekommen hat, sich die Zeit für dich zu nehmen."

„Die letzte Entschuldigung für heute, Mama. Das ist alleine seine Verantwortung. Ich liebe ihn trotzdem. Es ist eben so, dass, na ja, das Leben läuft eben nicht immer so, wie wir es uns erhofft haben, aber ..."

Mama strich über Gingers Arm. „Wir finden Wege, um es auf unsere Art schön zu machen."

„Also, Leute, tut mir leid, diese Liebeshudelei unterbrechen zu müssen, aber das Orchester spielt schon seit einer Minute ‚Unchained Melody', und wir haben nur noch etwa anderthalb Minuten, also wenn ihr den Mittelgang hinunterschreiten wollt, würde ich vorschlagen, dass ihr mal einen Zahn zulegt." Maggie zeigte zur Tür.

Mama bot Ginger ihren Arm an. Zusammen gingen sie zur Kirchentür. Gingers Herz machte Sprünge, so aufgeregt war sie.

Auf Maggies Anweisung hin öffneten die Ordner die Türflügel. Ginger eilte zur Tür. Als sie ihren gut aussehenden Bräutigam auf sie wartend beim Altar stehen sah, schnappte sie nach Luft.

Mama zitterte leicht, während sie Ginger den Gang entlangführte. Jetzt lagen alle Blicke auf ihr. Alle sahen ihre Narben. Was sie wohl dachten? Dass sie abscheulich aussah? Dass sie verrückt war, weil sie sich so bloßstellte? Bei dem Gedanken durchschoss sie eine Welle der Panik.

Aber dann sah sie Bridgett und Eric. Ihre Gesichter strahlten wie Leuchtbojen aus der Menschenmenge hervor. Lächelnd hob Bridgett ihre Hand zum Sieger-V.

Eric zeigte ihr enthusiastisch zwei emporgereckte Daumen.

Vielleicht, vielleicht konnte sie doch Teil der Schönen und Selbstbewussten werden.

Ginger schritt weiter und schaute von den Gästen weg zu ihrem Bräutigam. Zu dem Mann, den sie so tief und verzweifelt liebte. Was machte es schon, was die Gäste glaubten? Seine Meinung war die einzige, die zählte.

Sie fing Toms Blick auf. In seinen Augen glitzerte es feucht. Er war voll und ganz einverstanden, das konnte sie an seinem Gesichtsausdruck und seinem bebenden Kinn erkennen.

Als sie am Ende des Gangs angekommen war und die Musik verklang, war von den Frauen Schniefen und von den Männern energisches Räuspern zu hören.

Toms Wangen glänzten. „Hallo, mein Schatz ..."

„Hallo ..."

Dann trat Pop, der die Trauung vornahm, vor und fragte: „Wer übergibt diese Frau zur Ehe?"

„Meine Wenigkeit", erwiderte Mama, die Gingers Hand in Toms legte. „Das ist mir jetzt wichtig ... Ich habe es schon einmal gesagt, und ich sage es noch mal: Pass gut auf mein Mädchen auf."

„Immer, Shana. Immer."

Tom nahm Gingers rechten Arm. Sie erwartete, dass er sie die Stufen zum Altar hinaufführen würde, doch stattdessen drehte er sich zu den Gästen um.

„Ich habe das nicht geplant, aber mein Herz platzt gleich. Ich bin so stolz auf meine wunderschöne Braut

... auf den mutigsten Menschen, den ich kenne. Noch vor einem Jahr hat sie ihre Narben unter langen Ärmeln und Schals versteckt. Selbst an den heißesten Sommertagen. Aber heute ..." Seine Stimme stockte. "Ich habe es dir schon so oft gesagt, Schatz, du bist einfach so wunderschön."

Die Gäste erhoben sich, einer nach dem anderen, und applaudierten.

Toms glänzende blaue Augen fanden und hielten ihren Blick. "Ginger, es ist mir eine Ehre, dein Ehemann zu sein."

"Ehemann?" Grinsend schnitt sie eine Grimasse. "Noch nicht ganz. Es wäre besser, du führst mich jetzt mal diese Stufen hoch zu deinem Pop und kriegst die Sache hier zum Laufen. So allmählich würde ich dich nämlich gerne küssen."

Tom lachte leise. "Na, aber selbstverständlich."

Er führte sie die Stufen hinauf zu seinem Pop, und sie sah ihn von der Seite an. "Du weißt, dass ich dich liebe, Tom Wells."

"Du weißt, dass ich dich liebe, Ginger Winters."

Pop dirigierte sie durch ihre Trauversprechen. Und als er sie zu Mann und Frau erklärt hatte, zog Tom Ginger an sich. Seine rechte Hand lag auf ihrer Taille, seine linke auf ihrem vernarbten Arm, und er küsste sie leidenschaftlich und besiegelte ihre Versprechen mit dem süßen Hauch der Liebe.